JN102028

幼女無双

～仲間に裏切られた召喚師、魔族の幼女になって
【英霊召喚】で溺愛スローライフを送る～

1

presented by
yocco

ill.にもし

CONTENTS

プロローグ

「こんなの、きいてないわよーー！」

私の絶叫が、魔王城の魔王陛下の執務室に絶叫が響き渡る。

だがその声は、かつて昔に聞いた懐かしい子供時代の私の声。

「な……」

魔王様を含め、部屋にいる者達が、私の『この姿』を見下ろして、ぽかーんと口を開いている。

「あ、……薬の調合間違えた」

そう言ったのは、魔王陛下の配下の四天王の一人であり、宰相であるアドラメレク。

「……すみません。基本、若返りのエキスを入れるのが一般的なのです。それを、抜き忘れ……ました」

アドラメレクは、額から冷や汗を垂らしている。

サイズの合わない服が、肩が顕になるくらいにずり落ちる。そもそも丈が歩ける長さじゃない。

私は、山のように積み重なるドレスの布地をたくし上げた。その手のサイズも、どう見てもおかしい。さらに、サイズが合わない靴は、床に放り投げた。

そして、なんとか、布地に邪魔されながらも、よたよたと歩き、部屋にある姿見の前に立つ。

「……幼女」

私の本当の年齢は十五歳。

なのに、そこにいたのは、肩がずれ落ちたぶかぶかの豪奢なはずのドレスに包まれた、濃いピンクの髪と、赤い瞳の一人の幼女。

それはかつて四歳程度だった頃の姿。違うのは、くるりと丸いツノを二本生やしていることだった。

第一章　召喚師、裏切られる

「あ、れ……」

赤い花びらが宙に散った。

初めのその一瞬だけ、そう思った。

けれどそれは、びしゃりと音を立てて私の顔を含めた上半身を濡らす。そしてその生温さに、新鮮な血液であることを知る。

次に、猛烈な痛みが襲ってきた。

そして、私の目の前に展開されていた障壁がパリンと割れた。

――あれ。私は、魔物から皆を守るために、最前線に立って障壁展開していたんじゃなかったっけ？

私の片腕は、背後から伸ばされた誰かの腕に掴まれていた。

なんとか首を捻って背後を見ると、仲間のはずの勇者ハヤトが、私の肋骨の隙間をそれは巧みに縫って、人の心の臓があるはずの左胸を剣で一突きにしていた。

私の胸は、これでもかというほどに反り返り。

彼の周りには、かつて仲間だったメンバー二人が薄ら笑いを浮かべて立っていた。

「どう、いう、こ……」

それは、最後まで言葉にならずに、私は、カハッと、喉を迫り上がる血を吐き出した。

「俺は勇者だ。勇者のいうことを聞かない女なんていらない」

私の腕を掴んだまま、ぐいっと勢いよくハヤトが剣を抜く。

そして私を捕らえた腕が離れ、剣を引き抜かれた勢いで、私は仰向けで、背中からどさっと地面に倒れ込んだ。

けれど、私はそんな状況にもかかわらず冷静だった。

きっと彼は致命傷だと思っているだろう。けれど、それは私にとっては致命傷ではなかったからだ。

——出血を抑えるために、抜かないでほしかったんだけどな〜。

まあ、そういうわけにもいかないか。

胸を突かれた私は、それでも冷静だった。

だが、剣を引き抜かれたせいで、傷口が開き、どんどん失血していく。それはまずい。失血死ということもある。けれど私はそんなものを待つつもりはない。

だから私はそれを防ぐために、こっそり圧迫止血をしながら、時が経つのを待った。

「さ、帰ろうぜ！　新規加入者さんが待ってるしよ〜！」

私を置いて、立ち去っていく三人の声が遠ざかっていく。

私はチラリと横目で見ると、彼らの姿はすでにかなり小さくなっていた。

「も……う、いいか。召、喚、大聖女フェルマー」

私の倒れている頭上が輝いて、古の大聖女フェルマーが顕現した。

召喚されて、目の前に瀕死の状態の私がいたからなのか、冷静な彼女が珍しく動揺しているのが顔に出ている。

「マスター！　なんてことでしょう！　パーフェクトヒール！」

彼女の最上級回復魔法で私の傷は癒えていく。

しかし、血を流しすぎた。

——例え私の心臓が一般人とは反対側にあったとしても。

心配して覗き込むフェルマーの顔が、霞む。

私はそのまま意識を失った。

私、魔族の四天王アスタロトは、木陰からその一部始終を見ていた。

魔族領に勇者一行がやってきたと聞いたからだ。

そうしたら、彼らはなんと仲違いを起こし、勇者らしき男が、メンバーらしき女性の一人を、卑怯にも背後から剣で突き刺し、そのまま去っていった。

私は、横たわるまだ若いその人間の女性の元へ駆けていく。

近づいてみると、その女性は、女性というにはまだ若く、少女という形容のほうが似合う年頃に見えた。

あっという間に少女を回復してみせた女性は、少女が意識を失うと共に消えたらしく、あたりには見当たらない。

それにしても、人を召喚するなんて召喚師、聞いたことがない。それに、女性を召喚したときの少女の放出する魔力は、私が肌で感じ取れるほどすさまじかった。

魔族四天王である私が、鳥肌が立ったのだ。その能力にぞくぞくした。

と、ちょっと気がそれたわね。今は早くあの子の容体を確認しないといけない。まあたしか、最上級の回復魔法『パーフェクトヒール』と言っていたから、あの子は無事なはずなのだけれど。

私は倒れる少女に注意を戻し、彼女の頸動脈に手を添える。

「……うん、動いているわ」

と、すると、失血量の多さに気を失っているだけかしら？

「……凄いわ。傷も綺麗になくなっている。まあ、元々勇者の関係者らしいけれど、だからといってここに放って置くわけにもいかないわね」

私は、しゃがみ込んで彼女をいわゆる姫抱きにして抱き上げる。

——それにしても、軽いわね。


まあ、私自身も女なのだが。それを考慮しても、彼女の体は細かった。

歳のころは十五、六といったところかしら？

「一旦、城へ連れ帰りましょうか」

少女が、いや少女がかつて在籍していた勇者パーティーが目指していた最終地点は私達の主人の城、魔王城だろう。

だが、奇しくも魔族の四天王である私の手によって、その少女はあっさりとそこへ連れていかれることになったのだった。

第二章　召喚師、魔王領に連れて行かれる

「……うーん」

差し込む明るい陽光が顔に当たって目が覚めた。

「あ！　お客様の目が覚めました！　お加減はどうですか？　ああ、私はお客様のお世話を仰せつかりました侍女のアリアと申します」

側で私の世話役だという侍女服の少女が、柔らかな笑顔で尋ねてくる。

「うん、問題ないと思う。……けど、ここは？」

部屋は広く、私の寝ているベッドは大きな天蓋付きの物。落ち着いた内装ながらも、壁にかけられた絵画や調度品には金があしらわれ、かなり豪奢なのはすぐに見てとれた。

見知らぬ部屋……。そしてなぜ、ここに私は寝ているのだろうか。思い出そうとしたけれど、すぐには思い出すことは出来なかった。

「お客様は、魔王領でお仲間と諍いを起こされ、刺されたそうです。傷については、ご自分で治されたそうですが、流した血の量が多かったのか、気を失ってしまわれたところを、アスタロト様が魔王城の客室にお連れしたのです」

そうだ、私は、勇者ハヤトに背後から剣で突かれたんだったっけ……。

なんだか、仲間に裏切られたという事実にうんざりして、枕に顔を突っ伏した。

そんな私を眺めながら、侍女が声をかけてくる。

「貴女様が、お目覚めとのこと、上にご報告してまいります」

そう言って一礼すると、彼女は部屋の扉を開けて出ていった。


――あれ。魔王城って言ったよね？


目指していた敵の陣地の真っ只中だよね？　というか、最終目的地!?

いやいやいやいやいや。

不味くない？　この状況。

がばっ！　と私は体にかけられた寝具をまくって起き上がり、あたりを見回して誰もいないのを確認してから、英霊(エインヘリヤル)を召喚する。

私は、『召喚師』である。だが、その能力は他の同じ職を持つ人達とは違う。一般的な召喚師は、精霊や妖精、使役する魔物などを喚ぶものなのだが、私は、『英霊召喚』という私固有のスキルを持っているのだ。

英霊とは、別名エインヘリヤルとも呼ばれる、死した英雄や聖人のことをいう。私は、彼らを『誰でも』召喚可能だった。

……と言っても、勇者には、回復や補助だけしろと命じられていたので、聖女フェルマーしか喚んでいなかったけれど。

「召喚（サモン）、大賢者マーリン」

すると、ローブ姿の壮年の男性が姿を現す。

彼は、私が人生で初めて喚んだ英霊（エインヘリヤル）である。知略にも能力にも長けた古の大賢者だ。そんな彼には

その知識を以って、私の相談役をいつもしてもらっている。私が一番頼りにしている英霊（エインヘリヤル）と言っても

いいだろう。

「マスター。お呼びで？」

私に喚ばれた英霊（エインヘリヤル）達は、みな、私を『マスター』と呼ぶ。彼も私をそう呼び、用向きを伺ってくる。

「マーリン、私は勇者に裏切られて死にかけたのよ。そして、気を失っている間に魔族に救われて、

その城に運び込まれたらしいの。要は、敵地に捕まっているのよ。あなたならこれをどう見るかし

ら？　安全？」

私の問いに、しばしマーリンは逡巡する。

「……少なくとも、マスターに害をなそうと思えば、貴女が気を失っている間に出来たはずでしょ

う」

うん、それはそうだろう。

さらに、マーリンは、私にあてがわれた客室だという部屋をぐるりと見回す。

「それと、この豪奢な部屋。彼らの真意はわかりかねますが、貴女を客人と扱っているのは間違いな

いと思います」

そんなことを話していると、部屋の扉がノックされた。さっきの侍女が帰ってきたようだ。

すると、マーリンがそっと私に耳打ちする。

「何かありましたら、すぐに私をお呼びください。城を破壊してでも、お助けしますから」

そう言うと、にっこりと極上の笑顔を浮かべて霞に消えていった。


――その凶暴なセリフは、その笑顔で言うことじゃないと思うよ？


英霊（エインヘリヤル）ってよくわかんないのよね。

ある意味、それぞれの道を極めた人物だから、なかなかにみなクセがある。

すると、もう一度部屋の扉がノックされた。

ああ、そうだ。呼ばれていたんだった。

「はい！　どうぞ！」

ハッとして見ると、私の着ている物は、夜着用の柔らかな薄物だったので、慌ててベッドの中に潜り込んだ。

「あなた！　目を覚ましたって聞いたわ！」

早足に私のそばにやって来たのは、長いウェーブのかかった紫の髪と瞳を持った、妖艶な美女だった。その側頭部には、立派なツノが二本生えていた。

そんな彼女は私の元へやってくると、ベッドの上掛けの上から両腕で私を抱きしめて抱擁してくれる。そして、抱擁が終わると、その人は、その美しい顔に優しい笑みを浮かべて私を見つめた。

「え、えっと、どなた……」

私はひたすら混乱する。私には抱擁までしてくれる親しい誰かが魔族にいただろうか？　いや、むしろその逆のはず。私は勇者と共に打倒魔王を目指して旅してきた人間だ。

「ああ！　自己紹介もまだだったわね！　私は、魔族四天王のアスタロトよ。貴女は？」

ああ、この人が、私をここへ連れてきて休ませてくれたという人か。

私は、さっき聞いた侍女の言葉を思い出す。

彼女は、表情からいっても、あくまで私を心配しているだけの様子だ。けれど、私の立場を明らかにして、相手の反応を見たほうがいい、私はそう思った。

そうして、私は自己紹介と謝辞を述べることにした。

「……私は、リリスと言います。勇者パーティーで召喚師をしていました。本来敵対する私を、こんな勿体ないくらいのお部屋で休ませてくださり、ありがとうございます」

まずは、そこは素直に感謝すべきところだろう。

私は、彼女とアリアの二人と交互に視線を合わせてから、一度、深く頭を下げた。

「リリス。そんな敵対だなんて気にする必要はないわ。そもそも貴女は、その勇者に酷い裏切りをされたのだから。大丈夫。わかっているわ」

「お可哀想なリリス様……」

すると、私は再びアスタロト様に抱きしめられ、アリアはうっすら涙を浮かべた。

「それにね、あなたがいたのはまだ魔族領の入口。そして、領民に危害は加えていないことを私は知っているわ。……大丈夫なの。安心して頂戴」

アスタロト様が私を抱きしめたまま優しく囁いた。

「……私、本当は勇者の仲間になんかなりたくなかったんです」

アスタロト様の注いでくれる優しさと温もりに、私の口からついぽろりと本音がこぼれた。

「「……」」

二人は黙って私の漏らす言葉に耳を傾けてくれる。

「生まれ故郷は魔物の多い辺境で。……本当は、みんなと共に領地を守っていたかった。みんなを守っていたかった。……だけど、勇者達を助けるようにと国から命令がきて、お父様も断れなくて……。それなのに、あんな仕打ちって……！」

自らの身を立て続けに襲った理不尽な出来事に、私は唇を噛み締め、そして、アスタロト様の服の端をぎゅっと握りしめる。

「大丈夫。大丈夫よ。……ここには、あなたを好き勝手にしようとする者はいないわ」

そう私を宥めるように囁くと、片方の手で私の背を摩ってくれた。

しばらくそうしてもらって気持ちが落ち着くと、私のお腹が、グーっと鳴る。

「やだ！　はしたない！」

私はそう言って、羞恥で頬の温度が上がるのを感じる。慌てて、火照る頬を手で押さえる。

そんな私をアスタロト様は腕から解放して、私の頭を優しく撫でてくれた。

「ああ、そうね。あれだけ血を流したんだから、血の元になる食べ物も必要ね。アリア。柔らかく炊いた粥を持って来てちょうだい」

「はい、急いで準備させます」

やがて、柔らかく煮込んだ麦に、細かく刻んだ野菜や豆が入った粥が私の元に届けられた。

「美味しい……」

「お口にあったようで、よかったです」

アリアが顔を綻ばせていた。


数日後の体も落ち着いたある日、ようやく魔王様の元へ滞在のお礼と、挨拶をすることになった。

本当は、体調が戻ったその日にアスタロト様に申し出たのだけれど、陛下がお忙しいということと、私の体調が万全になってから、と保留にされてお目通りが叶わなかったのだ。

挨拶の目的はもう一つある。

本音としては囚われの身である私は、この国の主人である魔王と会って、私への対応の真意を知りたかった。どんなに待遇が良くても、理由がわからないままでは不安だったのだ。

「あなたが自分から挨拶をしたいと申し出てくれる、礼儀正しい客人でよかったわ。少し待たせたのは、陛下にも事情があったの。もう、陛下……、あ、ルシファー陛下ね。あの方ったら仕事が忙しいの一点張りで、なかなか日にちを決めてくれないんだから！」

アスタロト様が、陛下と面会するための私のドレスや靴といった装飾品を持ってやってきて、そう言った。

彼女の物言いから想定するに、この面会の調整は、なかなか大変だったようだ。

「貴女は、明るいはっきりしたピンクの髪だから、真っ黒の魔族風のドレスも着こなせると思って。急な話だったから、オーダーメイドは流石に諦めてね。私の若い頃の物の中から選んだ物で、許して頂戴」

私は、アリアに手伝ってもらいながら、そのドレスを着せてもらう。何せ、このドレス、小さなボタンがたくさんあるし、繊細なレースがふんだんに施されている。

「うん、よく似合っているわね」

アスタロト様のその言葉と、アリアに促されて、姿見を見ると、確かにピンクと黒のコントラストは意外にもマッチしていた。

「かわいい……。こんな素晴らしいドレス、着たことありません。貸してくださってありがとうございます」

そう。私は今までこんな贅沢なドレスを着せてもらったことはない。

私の生まれ育った辺境領は、外敵も多く厳しい土地で、幼い頃からお父様達が戦うのを背後から眺めながら、召喚術を使って後方支援をしていたのだ。

都会と離れているし、堅実なお父様の元、華やかな服を着る機会もなかった。

「ええ、本当に。お髪はどういたしましょうか?」

うーん、私はもう十五歳。あまり幼児っぽい髪型も困るわね。

「サイドを編み込んで、後ろは下ろしておいてちょうだい」

「かしこまりました」

私は、アリアに鏡台の椅子に案内されて、そこに腰を下ろす。そして、丁寧に編み込みをしてもらい、最後に服と揃いの黒のレースリボンでまとめてもらったのだった。

「では、魔王様は執務室で待っているわ。あちらに向かいましょう」

アスタロト様に促されて、私は陛下の待つ執務室に向かう。

赤い絨毯をひかれた廊下は長い。城の全体像はわからないが、きっとかなりの広さを持つのだろう。

客間から、執務室へ行くだけでも大変だった。

「さあ、ノックするわよ？　心の準備はいい？」

一つの豪奢な扉の前で、アスタロト様に問いかけられた。

――魔王って言ったら、勇者の敵。その仲間だった私は、そのまま手打ちにあうかも？

アスタロト様には大丈夫と言われている。けれど、そうであっても緊張する。

不思議な因果である。私は彼を倒すために、実家から召されたのだ。なのに、匿われた客人として対面しようとしている。

私は、すー、はー、と何度か深呼吸をして、心を決める。

「アスタロト様、お願いします」

そう告げると、アスタロト様がドアをノックする。

「陛下、リリス様をお連れしました」

すると、中から、低めのテノールの声がした。

「ああ、入れ」

扉が開かれて、明るい室内の様子を覗くことが出来た。

一番奥、執務机に座っていらっしゃるのが、魔王陛下だろう。

陛下は、外見は二十五歳程度で、一際大きな二本のツノを持っていた。そして黒の腰まで届きそうな長い髪に、金の瞳。その切れ上がった瞳は厳しさを感じさせる。

——わ。さすがに施政者だけあって、迫力があるわ。

黒のローブは、平織りの紐で緩く結んでいて、その上から、黒い光沢のある生地に金糸の刺繍を豪奢に入れたローブを羽織っている。

彼と目を合わせてカーテシーをしてから入室した。

見回すと、やたらと派手な服装の男が一人と。

「……後、もうお一人いらっしゃいますよね？」

私が尋ねると、陛下と派手な男と、アスタロト様が軽く目を見開く。

陛下なんて、やっと私のほうに目を向けたのだ。おそらく面会も渋々で、私に興味がなかったのだろう。

けれどその態度は一転して、陛下は満足そうに、くっくと肩を揺らして笑う。

「あやつの気配を探り当てるとは、さすが。アスタロトが気に入って、会えとうるさく言うのもよくわかるというものだ。姿を見せてやれ、ベルゼブブ」

すると、部屋の隅が暗く霞んだと思ったら、そこに一人の男性が現れた。

「……私の任務は、隠密。ゆえに、このような対応失礼しました。四天王が一人、ベルゼブブと申します」

蒼い短髪に、赤い目の男は、私に対する謝罪なのだろう、胸に手を当てて一礼をした。

「さて、立ち話もなんだ、そちらのソファに腰をかけるといい」

陛下が促すと、陛下を含めた部屋にいる全員がそちらへ移動した。

そして、全員が腰を下ろすと、陛下から、自己紹介をするよう求められた。

「ルシファー陛下、お初にお目にかかります。私は、勇者一行の元メンバーで、召喚師をしていた、リリスと申します。この度は、仲間の裏切りにあい、危ないところを助けていただき、ありがとうございました」

私は、中央の席にいたため立ち上がれず、仕方なく座ったままで深く頭を下げた。

「危ないところを、って。自分で回復までして、ただ血が足りずに倒れてた貴女を、私は連れてきただけよ」

そして、アスタロト様が、勇者との一件や、その後、召喚術で私が何者かを喚んで回復魔法を使わせたことなど、見たことを説明した。

「召喚魔法で回復？　召喚魔法なんて、精霊の類を喚ぶのがいいところだろう？　それを、瀕死の傷を回復しただって？　ああ、すまない。私は四天王かつ宰相をしているアドラメレクという」

派手な男、アドラメレクが、俄かに信じがたい、といった物言いをする。

「だって、私は実際に見たもの！　背中から剣で一突きされた傷が、まるでなかったように綺麗に治っていたわ」

その言葉に、アスタロト様が反論する。

室内がざわついた。

「では、実際にやって見せてもらうというのはいかがでしょう、陛下」

アドラメレク様が、陛下に提案する。そして、アドラメレク様が私を見た。さあ、やって見せろとでも言うように。


——この場合、どうするのがいいかしら。

力を誤魔化すか、見せつけるか。

生き残るには、圧倒的なまでに見せつけることよね。


——後は、野となれ、山となれ。結果なんて後から対処すればいい。マーリン、頼んだわ。

「皆様に害は与えません。その条件の下で、私の能力を今お見せしてもよろしいでしょうか？」

私は、口元に挑戦を仕掛けるような心持ちで笑みを浮かべて、陛下と、四天王達を眺め見る。

「……やってみろ」

陛下が、一言告げた。

「召喚、英霊達」

その言葉を契機に、私の体が発光し、黄金色の魔力が両手から溢れ出る。

その魔力によって、古の英霊達が、この世のものとして一時的に肉を得て現れる。

英雄王を導き育て、彼自身も大賢者と言われる大魔導師、マーリン。

類稀なる能力を持った聖女ながら、晩年は人々を救うために、地方を歩いて人々を癒して回ったという、大聖女、フェルマー。

竜さえ彼には従ったという、伝説のテイマー、エリク。

伝説のエルフの女王にして魔法使い、アグラレス。

そのエルフの女王の忠実な僕、弓使いのエルサリオン。彼の弓は百発百中だ。

その高潔さで、妖精の女王にも愛されたという、槍使いの英雄、ファイ・リン。

七つの偉業を成し遂げ、神々に迎えられた非業の英雄。メイス使いにして重戦士、ガレス。

そんな、誰もが知るような英霊達が十数人ほど姿を現した。

私は、私の魔力の限り、彼らの姿を顕現させた。そこで、陛下が「降参だ」と言って、両手を肩の高さにまで上げて、首を横に振られた。

「リリス、そなたの能力はよくわかった。彼らは帰ってもらってくれ。落ち着かない」

陛下がそう言うとおり、ベルゼブブを筆頭に、驚愕に目を見開きながら他の二人も武装態勢を取っている。

「わかりました。皆、ありがとう。還ってちょうだい」

そう一言私が命じると、英霊達（エインヘリヤル）は光になって消えていく。

「……気になるのは、なぜそなたが、勇者から裏切られたか、だ。あれだけの力を持つ者を失ったとしたら、国レベルの損失だろう」

そう言われて、私は、改めて、はて、と首を傾げた。

「どうしてかしら？」

私以外の全員が、こけっと脱力したように見えたのは気のせいかしら？

「リリスちゃん、何かないのかしら？」

アスタロト様が、辛うじてフォローを入れてくださった。

「そういえば、勇者は『俺の言う通りにならない女はいらない』とか言っていましたね」

「「「それだ！」」」

陛下まで合唱なさっている。魔族って、偉い人も意外と仲が良くて楽しい人達なのね。それに、親切だし。

「リリスちゃん、その線で、何か思い当たること、なぁい？」

うーん、思い当たること……。

「私以外のパーティメンバー全員が、勇者と寝ていたこと」

「「「え」」」

「野営をしていたときに、私のテントに勇者に忍び込まれて、『愛してる』『俺の物になれ』とかなんとか言われて服を脱がされそうになったんで、英霊（エインヘリャル）を喚んで、彼のテントにお返ししたこと」

「「「……」」」

「私、ああいう能力ないくせに、チャラチャラした男好きじゃないんですよねー」

私は、あの時の呆れた勇者の行為を思い出すと気が緩んで、つい軽い調子で喋ってしまった。

「いや、笑い事のように言うが、本当に事実なのか？　それだけの力を持つ其方にそのような振る舞いをし、挙句逆恨みのように背後から刺すなんて、国家レベルの損失をもたらした、国家反逆罪とも言えなくないんだぞ」

陛下がため息とともに、信じられないとでもいうように首を横に振る。

「はい。私、彼らには、私の本当の実力を見せていないんです。国もそこまでは把握していないと思います。あれは英霊召喚というのですが、この特殊能力が知れたら、婚姻だなんだと国に縛られるのが目に見えています。なので、隠していました」

私は、事実をあったままに証言する。

「くだらない。実にくだらない……」

魔王様は、頭を抱えて呟いた。

「あ、すみません。調子に乗りすぎました……」

「いやいや、くだらないのは、勇者のことだから、大丈夫だよ」

アドラメレク様が、私の肩をぽんぽんと叩く。それはまるで私を労うかのようだ。

「まあ、馬鹿な勇者は放っておいて、まずはこの子！」

アスタロト様が、話を戻してくれた。

「……あなた、行き場あるの？」

うーん、行き場。

実家はあるし、家庭内に問題はない。けれど、私が生きてあの国に帰ること自体が問題のような気がする。

勇者はきっと、私が事故か何かで死んだということにしているだろう。

でも、私は生きている……。

実家に匿ってもらうにしても、やはり国の威信をかけた勇者派遣だ。その勇者が虚偽の報告をしているなどと喧嘩をするわけにもいかないし、実家にも負担をかけそうだ。

すごく事態が面倒くさそうだわ。

「そういえば、実家のことも含めて、あなたの事情ってちゃんと聞いてなかったわね」

アスタロト様がソファに腰掛けて、足を組み直した。

――長いな、アスタロト様の足。

そこで、私の家の事情を説明した。

私は、ノートン王国のフォルトナー辺境伯家の長女で、兄が二人。

魔物の襲撃の多い地域に聳える要の砦を守り、国を守護していることから、辺境伯とはいえ、扱いは公爵や侯爵並みであること。

私も、普段から父と兄と共に魔物の襲撃戦に参加していたが、その噂が伝わったのか、国王陛下から、勇者パーティーに参加するようにと申し入れを受け、立場的に断れずに父が渋々同意したこと。

……などなど。

「……私があの国に生きて帰ること自体が問題そうです。おそらく、勇者は国には私が戦死したと伝えるでしょう。ですが私が国に帰り、父や兄達が事実を知れば、虚偽とその内容に激怒して国と喧嘩を始めそうです。ですが、私は、人の血が流れることを望みません」

「まあ、多分、あなたを殺したのは魔族だと言い訳をしていそうよねぇ」

「私、行き場ないですねぇ」

あはははは、と後頭部を叩いて笑う。いや、もう笑うしかないでしょう、この状況。

「……いっそ、魔族になって、この地に住むか？」

「ふえ？」

陛下の唐突な提案に、なんだか私から変な声が漏れた。

「魔族になるときにはね、見た目の年齢も調整可能なのよ。だけど、遠く離れたこの地なら誰もあなたを知っている者は来ないだろうし、調整はいらなさそうね。そのままで、案外あなたとバレずに生きていけるんじゃないかしら？」

アスタロト様が補足して教えてくれる。

「……ただし、仕事はしてもらうぞ。俺は忙しいんだ」

アスタロト様が優しく勧誘してくださる横で、陛下が、ビシッと告げた。

「勿論です。仕事は、生きていく上で、糧を得るために成さねばならないことですから」

「な、なんて健気でいい子なの！」

よくわからないけれど、アスタロト様に抱きしめられた。

「陛下。一つお聞きしても良いですか？」

私が、アスタロト様の腕の中で陛下をじっと見据える。

「なんだ」

「魔族は、人間の国に率先して攻めようとしますか？」

その問いに、部屋がしんとなる。

そして、その静寂を破ったのはアドラメレク様だった。

「あっははは。魔族が人間を攻めるかって？　興味ないなぁ」

そして、ベルゼブブ様。

「……あやつらは、やたらと勇者を召喚しては、陛下を打ち倒せと担ぎ上げる」

「迷惑なのよねー。そもそも私達魔族は、悪魔のような邪悪な存在じゃない。少し体の作りが人間と異なる、『亜人』なのよ」

と言うのは、アスタロト様。

皆さんの言葉を聞いて、なんだか、心にストンと落ちたものがあった。

そっか。

勇者派遣だとか、魔王討伐だとか言って戦争をしたがっているのは、人間だけなのね。
そして、魔族からは相手にもされていない。
——実家は、少し気になるけれど、今の私に何か出来ることはなかった。
お父様、兄様達。ごめんなさい。
「私を魔族にしてください」
そうして、冒頭へ戻るのだ。

「どうしてくれりゅのよっ！　よーじょなんて、きーてないわ！」

私は、どうしてくれるんだという思いを全て込めて、だん！　と全力で足踏みする。

魔族になって、元々人としては非常に多かった私の魔力とその威力は、さらに増加したらしい。それに加えて私の怒りが相まって、私の声と魔力が執務室内をビリビリと震わせる。

そんな中でも、魔王陛下は冷静だ。

「……俺は忙しい。みんなこの部屋から出ろ。そして、アドラメレク。お前が幼女化させた張本人。責任をとって、彼女の機嫌を取れ。いいな。ああそれと、あの客室はリリス、お前の部屋としてそのまま使え」

そう言うと、陛下はしっしと皆に『でていけ』とばかりに手を振る。

まだ喚き散らそうとする私に、目の高さが合うように蹲み込んで、アスタロト様が「しーっ」と人差し指を立て、静かにするように指示する。そして、ぶかぶかな服から肌が見えないように配慮しながら私を抱き上げた。

我々は、陛下一人を執務室内に残して、客室に戻ったのだった。

あ、ベルゼブブはその隠密能力で、途中でこの問題から逃亡したらしい。すでに彼の姿は消え去っていた。

そして、アドラメレク様と、幼女化した私を抱いたアスタロト様が、私に与えられた客室に戻ってきた。あ、陛下のお言葉で私の私室になったんだっけ。

「あら？　アドラメレク様とアスタロト様……、と？」

アリアが私をじっと見る。

「リリシュよ！」

くぅ！　自分の名前を噛むなんて！

「なんてことでしょう！　この小さなツノがあるということは、我々と同族になられたのですよね！　それだけでなく、こんなに全てが愛らしく……」

アリアがキャッキャと私のもとへやって来て、小さな丸いツノや、まだ小さな子供の手を触ったりする。

でも、アリアがどんなに「可愛い」と褒めてくれたとしても、今の私にはなんの慰めにもならない。むしろ、アリアは多分悪くないのだろうけれど、あんまりいじくり回されるのにも、むかむかしてしまった。

「あ～り～あ～！　アタチはいま、『げきおこ』なの！」

だから、私は私に触れてくるアリアの手をぺしっとした。

でも、手を叩かれたというのに、アリアは、私が幼女だからなのか、「あらまあ」と言って怒る様子もない。そもそも、大して痛くもないのかもしれない。それはちょっと悔しいわ。

「でも、どうしてこんなことに？」

アリアが尋ねたので、みんなでソファに腰掛けて説明をすることになった。アドラメレクが一人反対側に座り、アリアとアスタロト様は私を真ん中に挟んで腰掛ける。

「だかりゃ！　アドリャメレクがハンニン、なの！」

私は、立ち上がって、ビシッとアドラメレクを指さした。全く、いちいち噛むのも悔しいんだったら！

あ、後、この姿の責任は彼にあるから、もう、『様』はつけてあげないって決めたの！

そんな私とアドラメレクの様子を見かねて、アスタロト様が、私が魔族化するときの薬剤の調整を、アドラメレクが間違えて、私が幼女になってしまったという経緯を、アリアに説明してくれた。

「あらまあ。それじゃあ、リリス様が『激おこ』なのもしかたがないですよねぇ」

アリアが、「おかわいそうに」と言って、私の頭を撫でる。

「そうですねぇ……。こういう時、殿方には、目一杯の我が儘やおねだりをして許して差し上げるのが、女の嗜み、でしょうか？　ねえ、アスタロト様」

アリアが、私、そしてアスタロト様の順で視線を合わせて、にっこりと笑う。

おねだり？　でも、私は実家が厳格な家であったのもあって、そういうものって、どうしていいのかわからないわ。

けれど、私以外の女性達がタッグを組んだせいか、アドラメレクがふう、と一つため息をついた。

「わかった、わかりました、麗しき女性方、妖精の如く愛らしいリリス姫。お詫びと言ってはなんですが、貴女のその愛らしい姿に似合う装いを、全力で用意させていただきましょう。それで、至らないわたくしめを許していただきたい」

ははぁっ、と臣下の礼でも執るように、芝居がかった仕草で頭を下げる。

「確かに、子供服なんて、魔王城にはあまりないから急ぐわよね」

アドラメレクの言葉で思いついたようで、アスタロト様が、私をひょいっと抱き上げて膝の上に載せる。

「にゃに、するんですかっ！」

私は抗議とばかりに、猛烈に足をばたつかせるが、アスタロト様は意にかいす様子もなく、私の頭部に頬擦りをする。

「だって、可愛いじゃない。本当に可愛いのよ？」

そう言って、彼女は私を脇の下で支えて、私の腰の向きをずらす。そして、私の顔と、彼女の顔を正面向かいにして覗き込んでくる。

「ピンクの波打つ長い艶々の髪。そうねえ、ツインテールにでもしましょうか？　似合うと思わない？　ねえ、アリア」

問われたアリアは、両手を組んで、瞳をキラキラさせて、コクコクと頷いている。

「というわけで、ドレスとそれに似合うリボンや髪飾りもセットね、アドラメレク」

「はい……」

アドラメレクが、力なく返事をする。

「こんなに可愛らしいリリス様なのですから、可愛らしいぬいぐるみも、たっくさんお部屋に置いておきたいですね！」

アリアが、瞳をキラキラさせたまま提案する。

え、ちょっとまって、私の精神年齢は十五歳……。

「それは素敵ね！　アド……」

「承知していますよ」

もう、観念しているのか、彼の返事は早い。

「後は、リリス様がお喜びになりそうな、小ぶりの甘いお菓子を……」

怒りまくる私と、盛り上がる女子達の対応をしながら、次々に注文を投げつけられるアドラメレクは深く溜息をついていた。


そんな時間を過ごしていると、仕事は早いらしいアドラメレクがいつの間にか呼んだのだろう。ドアがノックされ、仕立て職人が私の部屋を訪ねてきた。

魔族の女性三名である。

「ああ君達、やっと来てくれたね。伝えておいた、服を作ってほしい方は、この小さなレディ、リリス姫だよ」

そう言って、私のことを紹介する。

「まぁぁぁ！　なんて愛らしい！」

新たに部屋に来訪してきた三人が私を取り囲む。熱狂ぶりがすごすぎないかしら？

子供の魔族というのはいないのだろうか？

「まじょく、に、こども、いないの？」

だから、不思議に思って、私を膝に載せているアスタロト様に聞いてみた。

「いないわけじゃないけれど、魔族は人生が長いから、そんなに産む必要もなくてね。少ないのよ。でもね、その中でも、あなたは特に可愛いわ」

うーん？　そんなものなのかしら？

私は私の子供時代の容姿を当然知っている。確かに子供らしい年相応の可愛らしさはあったと思うけれど、大騒ぎされるというのは、いまいちピンとこない。

だから、私は、アスタロト様の膝からぴょんと飛び降りて、姿見で確かめるべく歩いて行った。

そして、姿見の前に立つ。

鏡の向こうに、艶やかでふわふわな髪の毛が揺れるのが目に入った。

「え？」

私は、姿見の前で呆然と立ち尽くす。

そこにいたのは、四歳当時の頃の私の姿とは全く違ったのだ。

「え、これ、わたち？」

鏡の中の少女は、艶のある波立ったストロベリーピンクの長い髪。

肌はきめ細やかで、頬はふっくらと持ちあがり、ベビーピンクのチークを入れたよう。

唇はふっくらと艶やかで、さくらんぼのようだ。

そして、瞳はキラキラと煌めく明るいガーネットのよう。

私が呆然として、鏡の中の私（？）を見ていると、その横でアスタロト様とアドラメレクが、私を抜きにして会話していた。

「アスタロト、ドレスはどれくらい要り用だ？」

「それは勿論、『四天王最後の一席』を埋める方に相応しいだけ誂えて頂戴」

アスタロト様が、美しい赤い唇を撓めて笑う。

「端からそのつもりで連れてきたんじゃないのか？」

その様子に、アドラメレクもくっくと愉快そうに肩を揺らす。

「まあ！　愛らしくも四天王候補たるお力をお持ちの方のドレスを作る光栄に預かれるなんて！」

呼ばれた仕立て職人やら針子やらが、キャッキャとはしゃいでいた。


——あれ？　それは、どういうことですか？


四天王やらそんな話は聞いていない。確かに、自己紹介してもらった人達は、四天王だというのに三人しかいなかったけれど。

結局、その場は、仕立て職人に採寸だけをしてもらい、服の生地選びは後日ということになった。

なぜって、オーダーがオーダーだからだ。

『四天王の最後の席に座る者にふさわしいだけ誂える』。

それは、相当の量の生地を筆頭にドレスの素材が必要になる。

何せ、『魔王』に次ぐ『四天王』の一人と目されているのだ（まあ、勝手になのだが）。必然的に、必要な衣装は多くなる。

後日、生地を見繕って改めて作る衣装について検討しましょうということになった。

そして、その終わりに、私は一つ気がかりだったことを四天王の二人に尋ねた。

「ほんとうに、わたし、してんのう、なるんでしゅか？　……なれるのかしら？」

力を見せつけ、魔族にもなったとはいえ、先日までは敵で、さっきまでは囚われの身だったはずだ。にわかには信じられなかった。

「四天王にふさわしい力を持った者がいなくて、困っていたのよね」

アスタロト様が、その問いに答える。

「そんなとき、英霊を召喚し、一瞬で強力な回復魔法を行使させたあなたを見つけたの。本能的に生きようとしていたのかしらね、あの時感じた、あなたが発する魔力は凄かったわ」

そう語るアスタロト様に、アドラメレクが揶揄するように口を挟む。

「だから、欲しくなった、そうだろう？」

アスタロト様とアドラメレクは、唇を撓わせて目で笑い合う。

「そうよ、いらないいなら、ありがたくもらい受けるわ。魔族は種族に関しては寛大。そして実力主義だもの。でも、彼女を助けたいと思ったのも本当よ」

ということらしい。

やはり、私が四天王候補なのは、間違いないようだ。

そうして、その日は解散になって、ひとまず当面は、魔族の貴族のお嬢さんのお古を借りて過ごすことになった。

そして、食事の時間がやってくる。

これが、嬉しい想定外の事態なのよ！

ここ数日供されて初めて知ったのだけれど、魔族領の食事は、人間の国の物よりも優れていて、とても美味しかったのだ！

硬い肉は柔らかく下処理されて、味は繊細。スープも豆のスープなんかじゃなくて、野菜を裏ごししたという、滑らかで濃厚な物だ。

食後に供された御菓子は、マカロンというらしいのだが、あれはとても甘くて、そして、あっという間に口の中で溶けてしまって、とても美味だった。


そんな怒涛のような一日を過ごし、ようやく夜になって、寝るために部屋でやっと一人になれた。

ちょっと、現状とこれからについて、誰かと相談したいわ。

私は、いつもの相談相手、マーリンを喚ぶことにした。

「サモン、だいけんじゃマーリン」

すると、ベッドに腰掛ける私の目の前に、マーリンが顕現した。

……と共に、彼が大きく目を見開く。

「これはマスター……、に違いありませんが。実に愛らしい姿になられましたね」

「にんげんのくにで、いきるとこもないから。……まぞくになったの。しょしたら、てちがいで、こんなしゅがたに……」

「ああ、だからですか。その見た目とは裏腹に、内包する魔力量が桁違いに増えていらっしゃる……」

信じていた仲間から裏切られたと共に、人間の世界で生きていけなくなった。そんな我が身に降りかかった事実に悲しくなって、私は俯きながら答えた。

けれど、悲しむ私とは裏腹に、マーリンは私が想定していた慰めの言葉ではなく、驚きの事実を口にした。

「え?」

「そうですね、十倍は軽いかと」

――え、ちょっと待って。

増えた実感はあったけれど、そんなに!?

「まえだって、おおしゅぎて、かくしていたのよ?」

あ、また噛んだ。

そう。あの自信満々のパーティーメンバーにバレると面倒そうだと、早々に判断して、隠していたのだ。

それに、国王や中央の高位貴族にばれてもまずい。目をつけられて召し上げられたり、婚約させられたりという話になっても困るので、お父様にも隠すように言いつけられていた。

で、それ以上に多くなっているってどういうこと!?

けれど、マーリンにとっては喜ばしいことのようで満面の笑顔だ。だが、すぐに顔を真剣なものに戻した。

「私自身が身をもって感じるのです。マスターからいただく魔力が、以前とは比べ物にならないほどに増えております」

彼は、自分の胸に手を当てて、目を瞑る。

「これでしたら、私は、生前の頃よりも魔法を存分に行使出来るでしょう！」

そして、かっと目を見開いて、拳を握りしめ、とんでもないことを叫んだのだ！


——え、ちょっと待って！　あなた、『大賢者マーリン』だから！


伝説の大賢者だから！

その現役時代より強いとか、ちょっとおかしなことになっているから！

「しょこまれだと、なんか、たいへんかも……」

えええええ〜、となんか大変なことになったと思って、私は思わず顔を顰めてしまう。

「いえいえ、マスター。それだけではありません。おそらく、召喚出来る英霊（エインヘリヤル）の最大数も増えましょう」

「え」

またとんでもないことを言われた。

確かに、召喚師という職業は、その者が持つ最大魔力量や魔法の力というものが、結果的に召喚される者の数や強さに比例する。


——あれ？　私、危険人物になってないかな？


私は頭を抱えたくなってきた。

そんな様子の私を見て、「まあでも」と言い、マーリンが私の頭を撫でる。

「マスター、今はそれを考える時ではありません」

「ふえ？」

「……今日の貴女には、たくさんのことがあり過ぎました。しっかりとお休みすることが最優先かと思いますよ？」

そう言うと、マーリンは目を細めて、娘を見る父親のような、そんな優しい顔つきになる。

時計を見ると、その針は、もうだいぶ遅い時刻だということを告げていた。

「あ、ほんとうでしゅ……」

「では失礼して」

マーリンが私に一言断ってから、私の膝を掬って姫抱きにすると、私をベッドまで運び、私の体を横たえて上掛けをかけてくれた。

「ありがと、マーリン」

「おやすみなさい、マスター」

マーリンから額に口付けを受けると、私は体の疲れに抗えずに眠りに落ちていくのであった。


そして翌朝。

小鳥の囀る声で目が覚めた。

魔王城には緑が多い。それに集まる小鳥達が、朝になると一斉に朝がきた！　とでも言うように歌い出すのだ。

「ふあぁぁ〜」

私は寝具から上半身を起こして、大きく腕を伸ばして伸びをする。

そして、その手のひらをじっと見る。

うん、ちっちゃい。そしてぷにぷにと子供らしく可愛らしい。

昨日のことは、夢ではなかったようだ。

「お目覚めですか？」

扉の向こうから、アリアの声がした。

「おはよう、アリア。はいって、いいわ」

すると、「失礼します」という言葉とともに、ドアが開けられて、車輪付きのテーブルと共にアリアが私の元へやってきた。

載せられているのは、顔などを清めるための水の入ったタライと、タオル、そして、衣類などだった。

パシャパシャと水を掬って顔を清め、タオルで顔を拭う。細い木を束ねた歯を清める道具で汚れを掻き出してから、掬った水を吐き出して口腔内を洗浄して、口を拭う。

「本当に幼い方よりも、作法はご存知でいらっしゃるので、とても助かりますわ」

そう言うアリアは、私専属の侍女になったようだ。

「きょうは、どうしゅるの？」

そんなアリアに、私に今日の予定があるのかを尋ねてみた。

「そうですね、今日は王城内の、ご紹介してもいい施設を、ご案内させていただこうと思っております」

なんとも嬉しい返答が返ってきた！

そして、簡易的なワンピース姿で、アリアに案内されながら歩いた。

と、ここで不思議に思うかもしれない。

『幼女がなぜそんなに歩けるのか？』

大人の人間から幼女の姿になったから、体自体はしっかりしているのだそうだ。それに加えて、魔族は人間より体がしっかり出来ているらしい。

人間の四歳児までだと、関節もまだあまりしっかりとせず、本当はそんなに歩くことは出来ないのだけれど。

じゅわりとバターと甘味が口に拡散して、非常に美味しい。

そうして、アリアに口に含まされた一口大フィナンシェを賞味する。

「あーん」

「はい、リリス様、あーん」


――あ～！　魔王領、最高！


こう、人間の国は、主食のパンすら不味いのに、こっちの国は、パンもふんわり柔らかで美味しい。

しかも、『米』や『じゃがいも』という、主食にさえバリエーションがある。

今口にした、菓子類も種類が豊富だ。

ここ数日間で、人間の客人だった私が魔族となったこと、そして、四天王候補となるほどの能力者であるということが魔王城内に知れ渡った。人の口に戸は立てられぬとはこういうことなのだろうか。

また、私自身がこれからここで生活するにあたって、アリアに案内されて、城内をあちこち見学して回ったことも、あっという間に認知されることになった要因かもしれない。

私の、この見た目。

誰もが愛さずにいられないらしいこの容姿、そして、人でありながら魔族になった者、すなわち我々を理解している者、と勝手に認識されているようで、私は、魔族領の皆にとにかく愛されていた。

そう。私は、人生の春を謳歌していたのだ。

——ま、まあ、贈り物が、ぬいぐるみとか、幼児用のドレス等装飾品か、甘い菓子かというところを、深く考えなければ、私は、天国にいるようだった。

真面目に考えれば、人間の国で、少々問題を抱えた辺境で領主をしているお父様を、いつの日かお助けしたい、そうは思っているのだけれど。

私は、今のところは目の前の幸福を享受していた。


そんな時、この状況を引き起こした張本人、孔雀(アドラメレク)がやってきた。

「なぁに?」

私はあからさまに顔を顰めてみせる。

「いや、そこまで毛嫌いしなくとも……」

いや、毛嫌いされる理由は十分あるのではないのだろうか?

私を、意図せずとはいえ、幼女化したのはお前の咎でしょう。

「どうちて、わたちが、こんなすがたなのか、しってりゅわよね?」

自分で言うのはどうかと思うが、すでに自覚済みの、明らかに愛らしい幼女の顔で、私はこてんとあざとく首を傾げる。

そして、にいーっと極大の笑顔を作って見せる。

ひっ、と、アドラメレクが喉の奥で悲鳴をあげる。

「サモン、エインヘリヤル」

私がそう命じると百数十という英霊達(エインヘリヤル)が、それぞれの『英雄を英雄とたらしめた武器』を持って、顕現する。

「ヒィ……ッ！」

アドラメレクは、床に尻を落として、その情景をただただ見つめる。

「ねえ、アドラメレク。あなたは、わたしに、なんでもこたえる、ぎむが、ありゅの」

私は、彼の元へ歩いていって、彼の顎を、小さな指でたくし上げる。そして、ニヤリと唇で弧を描く。

「なぜなら、あにゃたは、わたちに、おいめが、ありましゅね？」

なんで、こういう決め台詞で噛むのよ！　と、内心私は苛立つ。

「は、はい……」

けれど、あっさりと、アドラメレクは、その失敗を素直に認めた。

「ねえ、アドラメレク」

私は、彼に、真面目な顔を向ける。

それに呼応して、まず失態を犯した彼が、真面目な顔をする。

「わたち、しりたいの。どうちたら、ここれ、いきてけりゅのか。あんていした、たちばが、ほしいの」

それまでふざけていたのと一転して、私は真顔で真面目な相談をしてみた。それは、見る側としてはとても違和感のあるものだっただろう。

「まずは、功績を立てることが、早いかと思われます」

アドラメレクが、敬語で私に答える。

「ねえ、マーリン」

私は、相談役の彼を呼びつつ、問いかける。

当然、無数に呼んだ中に、彼は当たり前のようにいた。

私が、極限まで弧を描いてニヤリと笑うのを、アドラメレクに見せつけながら、マーリンに問う。

「……あの男があいうのだけれど、どう思う？」

「……人に聞いておいて疑うのか!!」

アドラメレクが叫ぶ。

「もう。うりゅしゃいわねえ」

ふう、と私はわざと大きなため息をつく。

「マスター。この男ではなく、貴女の主人たる魔王陛下に、何かお困りごとがないかお伺いしたほうが良いのでは？」

マーリンが私に進言してくれた。

「しょれは、しょーね。そうするわ。じゃあね。あと、マーリンいがいは、もどって」

マーリン一人を残して、英霊達(エインヘリャル)が還っていく。

それを確認した私は、アドラメレクにバイバイと手を振って、私は自室を出て、陛下の執務室へ向かうのだった。

歩くのは億劫だから、もちろん、マーリンに抱っこしてもらってである。

そういえば、なんであの人私の部屋に来たのかしら？　用向きを聞き忘れたことに気がついた。

まあ、あれはあとでいいか。

今の私には大事なことがある。


コンコン、と陛下の執務室のドアをノックする。

「リリスです」

「入れ」

許可を受けて、ドアを開けると、陛下が書類の決裁をしているところだった。


——意外に魔王様といっても、普通の国王や領主と変わらないのね。


思わずじっと見てしまった。

「なんだ？」

忙しいのか、陛下はこちらに目も向けずに、手を動かし続けている。

「おてつだい、できること、ないでしゅか？」

マーリンにおろしてもらいながら、陛下に尋ねた。

「ふむ。殊勝な心がけだな」

すると、やはり忙しそうなのだが、陛下の口元が少し緩んだ。

「だが、来たばかりのお前に頼むほど、困ったことはない」

そう言って、陛下に拒否されてしまった。

「うーん。でも、いままでおせわになったんだから、おやくにたちたい、でしゅ」

私は、もう一踏ん張りがんばってみた。

「あるにはあるんだが……」

すると、陛下が少し気を緩めたのか、ぽろりと溢した。

「そうだな……。一つ止まっている仕事があるんだが、これは流石に厳しいかな。ほら、見てみろ」

そう言って、陛下は一枚の嘆願書を私に差し出した。

私は、それを受け取って眺める。

「りゅう、たいじ」

そう、竜退治だ。

「大型の古竜が、山の上に住み着いてしまって、その辺り一帯を開発出来ずにいて困っているんだ。本来なら肥沃な良い土地でな、地元の民はぜひ開発をしたい。けれど古竜は手強い。だからこれは四天王総出で対応に当たろうと思っている」

そう言って、陛下はため息をつく。そして、私に手を差し出した。

「お前にはまだ早いからな。ほら、返せ」

だが、私はその言葉を無視する。

これよこれ。これが出来れば、私は一躍有能な魔族として、安定した立場を手に入れられるわ！

絶対にやりたい！　それに、私は英霊(エインヘリヤル)をもっと喚べるようになったし、英霊(エインヘリヤル)達も強くなったってマーリンが言ってたはず。出来るかもしれないじゃない？

「ねえ、マーリン」

私は、意見を聞きたくて、彼の名を呼ぶ。

「マスター、どうしました？」

私は、マーリンに、陛下から受け取った紙を見せる。

「うん。へーかに、これ、たのまれたのだけど。できるかな」

私にそう尋ねられたマーリンは、嘆願書の内容を確認する。

「……おい、ちょっと待て。本気でやる気か？」

陛下は、まさか本気で出来るとも思っていなかったらしく、大きく目を見開いて私達を見る。

「え？　むしろ、なんで、できないの？」

「古竜だぞ!?　それに四天王総出で当たる事案だと言っただろう！　聞いてなかったのか!?」

「そういうことではありません、陛下。マスターは魔族となられたために魔力量に加えて魔法威力が上がり、以前以上に多くの英霊(エインヘリヤル)を喚べるようになりました。そして一人一人の力も増しました。そんな英雄達百人がかりなら、竜とて敵ではないかと」

「いや、リリス自身の能力に違いないが……。英雄を大勢喚んで彼らに任せてって、……ずるくないか？」

陛下はマーリンのその言葉に、呆気に取られていた。

そんなこと言われたって、これが私の固有能力なんだもの。有効活用しなきゃ！


私はその嘆願書を受け取って、陛下の部屋を後にした。

「どうやって、このままで、いくの？」

そこは結構険しい山のようで、どう考えても自分の足では歩けないだろう。

「私が、飛んでお連れ出来ますよ？　飛行魔法も習得しております」

そう言うと、「失礼します」と私に一言告げてから、マーリンが私をひょいっとお姫様抱っこする。

「マスターの御身はとても軽い。抱いて飛んでいくのに、問題にはなりません」


――うわ、大賢者ってなんて便利なんだろう！


「じゃ、行きますか」

「ふえ？」

あれ、準備とか、挨拶とか、色々しないの？

いきなり特攻なの？

マーリンってこんな性格だったっけ？

「さらなる飛躍を遂げている我が力、試したいのです！　古竜など、あっという間に屠って見せましょう！」

ニヤリ、と野心的な笑みを浮かべている。


——それが目的か!!


マーリンは、私を抱いたまま宙に浮き、地図に書かれた方角へと飛んでいくのであった。

「うひゃぁ〜！　ほんとに、とんでりゅ〜！」

あっという間に魔王城が遠く小さくなっていく。

ふふふ、と楽しそうに笑いながら、私を抱いて飛ぶマーリンは上機嫌だ。

『殺る気満々』といったところだろうか。笑顔がちょっと怖い。

マーリンの飛ぶ速度は、私を驚かせない程度に、かつ、ほどほどに速い。私のツインテールにした髪が風に煽られて波を打って揺れる。

青空の中、風が頬を撫で、雲が地上で見る速さより速い速度で流れていく。

「うわぁ！　しゅごい！」

最初の恐れもだんだん薄れ、なんだか空の旅が楽しくなってきた。

「楽しくなってきましたか？　空の旅も、良いものでしょう？」

「うん！」

マーリンにしっかりとしがみつきながらも、下を眺めることが出来るくらいに落ち着いてくると、今度はなんだか高揚感が湧いてくる。

お城も街もおもちゃの模型みたいだわ！

魔族領を上から見渡してみると、街や村があって畑がある。家畜も獣もいる。小さくて具体的にはわからないけれど、道には動物に引かせた馬車のような乗り物も走っている。

意外と、領民や生き物の営みは人の国のそれと、そう変わらないのね。

街も、雲もどんどん流れていって、それがなんだか楽しくなってきた頃に、目的地の山にたどり着いた。

速い！


――マーリン、有能だわ！


嘆願書によると、この険しい山の中に、地図で示された古竜が住処とする洞窟があるらしい。マーリンは、私を抱っこしつつの飛行状態で、その住処を探して回った。

「あまり、いきもの、いないでしゅね」

来る途中、獣の姿も見かけたはずなのだが、その山には、高山植物がちらほらと生息するばかりで、生き物の姿が見当たらない。

「やはり、古竜の住処の近くともなれば、普通の獣では心穏やかに生活も出来ないでしょう。住処を変えたのかもしれませんね……」

強い子が来ちゃったから、お引っ越しかあ……。かわいそうね。

「ん。そこに割と大きめの洞窟がありますね……」

その洞窟の入口の影になる場所に、マーリンがそっと私を下ろしてくれた。

「いりゅかな?」

「入ってみましょうか。そのサイズの大きな洞窟であれば、古竜が潜んでいてもおかしくはないでしょう」

「うん」

マーリンと二人で顔を見合わせて頷いた。

洞窟に入る前に、マーリンが一度立ち止まって、私を下ろし、目の高さが合うようにしゃがみ込む。

「マスター」

「あい」

「足元が整っていませんから、私がマスターを抱き上げて、中に侵入します。もし古竜がいたら、マスターは出来る限りの英霊(エインヘリャル)を喚んでください。攻撃の間を与えず、圧倒しましょう」

「うん、わかった」

あの時は、ああ言って自信満々に飛び出しては来たものの、これからやることの危険度を認識して、私はしっかりと覚悟を固める。

緊張感が伝わってしまったのか、マーリンが私に穏やかに尋ねる。

「怖いですか？」

「だいじょぶ。だっこして」

『だっこ』などと、随分と幼児言葉にも慣れてきたものだ。

「では、失礼して」

マーリンが、軽々と私を姫抱きにする。

足の揺れを感じない。

マーリンは、足音で先に気づかれないよう、宙を浮いて移動しているようだ。

そのまましばらく進む。

すると、洞窟の最奥に、巨大な丸い影が確認出来た。寝ているのか、背中らしきものが上下する以外、大きな動きはない。

その鼻息は荒く猛々しく、その体が大きいであろうことを予感させる。

きゅ、とマーリンのローブを掴むと、顔を見合わせて互いに頷き合う。

「サモン、エインヘリヤル！」

私の体が魔力で発光すると共に、その洞窟の最奥を埋め尽くすように、伝説と言われし武器を持った『伝説の英雄』達が顕現する。

それは、古竜の周りを埋め尽くすほどの数だ。

「ん……」

そして、流石にその眩しさに、古竜が目を覚ます。

――ゆっくりと目を開け……。

「ナンジャコリャーーーーー！」

竜が人語で絶叫した。

そして、バァン！　と地響きがするかと思うほどの勢いで後退り、洞窟の最奥に、自らの背をぶっけた。

それもそのはず、百数十という英霊達（エインヘリャル）の得物は、古竜、彼に全てが向けられているのだ。

「た、た、たすけ……！　降参！　降参します！　殺さないで!!」

圧倒的な数。

しかも、相手はかつての英雄達だ。古竜が彼らから感じる、オーラも威圧感も凄まじい物だろう。

「マスター。ああ言っていますが、どうしますか？」

マーリンと二人で古竜の様子を眺める。

「ち、ちびっ子が、彼らのマスター……」

驚愕に目を見開く古竜。

「ちびは、よけいよ！　みんな、やっちゃ……！」

ちょっとカチンときて、英霊達（エインヘリャル）に号令をしようと思った矢先に、必死にそれを遮ろうとする声が割り込んでくる。

「あーーーーっ！　お願いします、待ってください。眷属にでもなんでもなりますから、殺さないでーー！」

「けんじょく」

「あなたの僕になるということです。竜は、その背にも乗れますし、まずこれだけの大きな古竜、戦力としても魅力的だと思いますよ。真名を教わるといい」

マーリンに言われて地面に下ろしてもらい、私はその古竜の前に歩いていく。

「わたちは、リリス。あなたのまなを、おしえなしゃい」

そう言って、私は古竜の前に小さな手を差し出した。

すると、本当に観念なのか怯えているのか、古竜は大人しく私の手の前に首を下げる。

「我が名はニーズヘッグ。真名は■■■■■です」

それを聞き届けると、彼の頭と私の手のひらの間が細い光で繋がる。

「これで私は、リリス様の眷属となりました。以後、よろしくお願いいたします」


——あれ？　「倒せ」って命令だったような？


でも、近くの土地の開発の邪魔をさせないように、従えるなら問題ないよね！

多分、彼が私の眷属になった分、魔族としても戦力が増えて万々歳よね!?

何より、助けてって言っているのを倒しちゃうのはかわいそうだもんね。

「ま、いっか」

私は、彼を私の眷属として連れて帰ることにした。

魔王城の城の屋上の警備兵達は、空や陸からの外敵がないかを常に監視している。

そんな中、空に黒い点が現れた。

「なんだ、あれは？」

一人の警備兵の声に、屋上の警備兵達が集まってくる。

それは、だんだん大きくなり。

そして、何かが羽ばたいていることがわかってくる。

「……あれは、まだ相当遠いはずだぞ。なぜこの距離で、あれだけ大きく、羽ばたく動作まで見えるんだ？」

屋上の警備隊長を務める男が、警戒を露わにし出す。

「真っ直ぐ、こちらに向かっていませんか？」

その隊長の部下が、進言する。

バッサバッサと、ゆっくりと羽ばたく大きな翼。

それはだんだん近づいてきて、竜種の姿であることが目視でわかるようになってきた。

「……かなり、でかいぞ」

「報告、報告だー！」

にわかに、警備兵達が騒がしくなり、まずは決められている警備態勢を取る。

そして、上層部への伝達役に指名されている者が、魔王の執務室のドアを荒々しく叩いた。

「緊急です！　竜が、恐らく巨大な竜が我が城に向かってきております！」

すると、「入れ」との声とともに、その警備兵は入室を許された。

中にいたのは、ルシファーとアドラメレク。

「状況を説明せよ」

アドラメレクが、緊迫した面持ちで兵士に尋ねる。

「は、屋上警備をしていたところ、以前から古竜の目撃情報があった山側から、一直線に我が城へ竜が飛んで来ております！」

警備兵は、慌てながらも、口を噛むこともなく、ハキハキと伝達する。

「なんだって、とうとう奴は我らに楯突く気になったのか！」

アドラメレクが慌てて警備体制の強化を指示すべく、軍部の体制図を開く。

「……古竜」

そこで、ルシファーが、呟いた。

「陛下？」

訝しげに、アドラメレクが尋ねる。

「あれは、リリスに討伐してこいと命じたのだが……。まさか失敗した、のか？」

俄に信じ難いといった顔をしつつも、古竜がこちらに飛んでくるのは事実。リリスが失敗して、激怒して攻めてきたとか、最悪の場合もありうるだろう。

「総員、空からの襲撃に対する最高警備態勢を取れ！　魔導師は、王城を中心に結界を展開する準備を行え！」

アドラメレクが指示する。

「はっ！」

警備兵が、伝令役となって、足早に、伝達に向かう。

「……だが、リリスが負けた？　だったら、この城の誰が、あれを倒せるというのだ？」

ルシファーが再び呟いた。

来たばかりとはいえ、魔族化した彼女に敵う者は、間違いなく存在しないだろう。

何せ、あれは、一人ではない。

一人でありながらも、百数十人の猛者。かつての英雄達なのである。

一騎当千どころではない。

伝説の英雄達百人を従える彼女が負けた？

それにどう勝てというのだ？　策は？

執務机の上で、ルシファーが頭を抱えていたが、まずは防衛態勢を整えるために城の屋上へと向かうのだった。

「あれ？　おちろ、ひと、いっぱい？」

私リリスは、尋常ではない様子と、騒がしく怒号が聞こえてくる魔王城を見て首を傾げる。

「マスター。恐らく彼らは、竜が襲撃しに来たものだと思っていると思われます」

一緒にニーズヘッグの背に乗るマーリンが、状況を分析する。

「え！　どうちよう！」

「リリス様、私は貴女のご命令で飛んできただけ。襲われたくはありません！」

新たに眷属にしたニーズヘッグが、イヤイヤと首を振る。

巨体のわりに、性格は子どもっぽいらしい。

と、そこは置いておいて。

「どうしましょうか……。そういえば、ニーズヘッグ」

「はっ、はい」

突然マーリンに名指しされて、当惑するニーズヘッグ。

「あなたは、小型化出来ますか？」

ああ、そうか。上位種の従魔って、大きすぎたりして不便だから、普段は小型化させていたりするわよね。

そう、私が思いつく。

「はい、なれます」

ニーズヘッグは、やはり、出来ると回答した。

「では、マスターを私が抱いて、あなたの背から離れます。あなたは小型化して、我々の後をついて来てください」

「なるほど！　だったら、しゅーげきじゃないって、わかってもらえるわね！」

はい、と答えたマーリンが私に顔を向けて、にっこり笑う。

「では、失礼」

私はいつものように、マーリンに姫抱きされる。

そして、マーリンが、ニーズヘッグの背中からふわりと浮いて離れる。

「よし、小さくなってください」

すると、ぽふん、と音を立てて、お腹がぷくりと膨らんだ幼児体型の黒い竜の赤ちゃんみたいな姿になった。パタパタと動く小さな翼も愛らしい。

「かわいい！」

思わず私が叫ぶ。

「えへ。かわいいですか？　えへへへ」

小さくなった翼の先に生えた爪で、後頭部を掻くニーズヘッグ。

城の側からは、「竜が消えたぞー！」などと声が聞こえてくる。

「さて、帰還しますか」

マーリンを先頭に、私達は魔王城へ飛行しながら帰るのだった。


そして、ここは陛下の執務室。

私とマーリン、子竜の姿のニーズヘッグが横一列に並ばされている。

「今回の騒ぎはなんだ。俺は、古竜を『討伐してこい』と指示したはずだが？」

執務机の上で肘をついて両手を組む陛下に、じろり、と睨まれる。

「エインヘリヤルをよんだら、びっくりしちゃったみたいで、けんぞくにしてってって。たしゅけてってっていわれたの」

「で？」

「だから、けんぞくにして、ちゅれてきまちたー！」

私は、胸を張って、えっへんとする。

だって、退治しないで解決したんだよ？　すごいでしょう？

その私の態度に、陛下のこめかみに青筋がたった。

「そのおかげで、どれだけの騒ぎになったと思っているんだーー!!」

私は無茶苦茶怒られた。


……どうして？

第五章　その頃の勇者達

勇者ハヤトのパーティーメンバーは、彼を筆頭に、魔導師のマリア、弓使いのフォリンだ。

彼らは、一旦、リリスが『戦闘で亡くなったこと』の報告と、彼女の代わりの要員を迎え入れるべく、王都へ向かっていた。

「オーガが来るぞ！」

ハヤトが戦闘態勢を取るよう指示する。

「まっかせて！」

弓使いのエルフ、フォリンが、オーガの眉間を狙って矢を射る。

――が、その矢は、的を外して飛んでいく。

「え？　どういうこと？　私は、的を外したことなんてないのに」

そう言って苛立ちながら、「まぐれなら、もう一回！」と矢を番える。

――また、当たらない。

「……どうして？」

フォリンは、どうしても当たらない、その外して地に落ちた矢を呆然と眺めていた。

「バッカ！　何、何度もミスってるんだフォリン！　ヤアアアー！」

ハヤトがバスタードソードを両手持ちにして、オーガに向かって走る。

その間に、魔導師アリアが魔法を撃とうと、魔力を練る。

ハヤトは、オーガに近づいた直前にサイドステップでフェイントをかけ、横から斬りかかろうと思っていた。

——が、体は思うような速さで動かず、サイドステップのタイミングを逸した。

仕方なく、そのまま真正面から斬りかかるが、そんな攻撃では、オーガの硬い筋肉で覆われた腕で簡単に払われ、もう片方のオーガの拳が、ハヤトの鳩尾に叩きつけられる。

「ゲボォッ」

叩きつけられた勢いで、ハヤトは宙に浮き、そのまま吹き飛ばされて地面に倒れ込んだ。

「よくもハヤトに！　火柱（フレイム）！」

オーガの足元から勢いよく炎が立ち上がった……、ように思われたが、それはオーガの身に纏う衣を焦がすだけで、オーガは皮膚がかゆいとでも言うように、腕を掻きむしるだけだった。

「ど……、どういうことだ」

三人は、彼ら本来の能力を全員発揮することが出来ないことに、混乱した。

リリスがパーティーにいた頃、彼女は回復役に徹することしか許されていなかったので、仕方なく、常に『大聖女フェルマー』を召喚していた。

フェルマーは、回復のみならず、あらゆる上級の補助魔法を彼らにかけていたのである。

素早さも。

矢の命中率も。

魔法の威力も。

彼らが、彼ら自身の能力だと思っていたものは、フェルマーの補助があったからこそのものであったが、彼らはそれに気づいてはいなかった。

そもそも、彼ら本来の能力だと思っている物は、幻想だったのだと。

「て、撤退。今は分が悪い、各自逃げろ！」

ハヤトが叫ぶと、三人は散り散りにその場を脱出し、本来ならあっさり倒せたはずのオーガにすら敗退したのだった。


なるべく安全な街道を選んでハヤト達は王都を目指し、やがて、やっとのことで王都に到着した。

「あー、もう。一体どういうことだよ！　使いどころのわかんねー召喚師一人抜けただけだろ！」

イライラした態度で、ハヤトが商店の脇にある樽を蹴り飛ばす。

「おかしいわ。王命を受けて旅立ってから、矢を外すことなんかなかったのに……」

憂い顔でため息をつく、フォリン。

「私の魔法の威力がどうして落ちるのよ！　何かの呪いでも受けているのかしら……」

教会へ行って、何か呪いでもかかっていないかを確認しよう！　と提案するマリア。

「いや、まず、リリスの死亡を報告して、メンバーを補充するのが先だ。あっちにも待たせているしな」

ハヤトは、とある街で聖女のルリと懇ろになり、勇者パーティーに迎え入れる約束をしている。王都で健気に待つ彼女を迎え入れたかったのだ。

王への面会を求めると、『王命を受けた勇者』として、特別にすぐに謁見の間に通された。

国王陛下が玉座に腰を下ろし、枢機卿がその隣に控えている。ハヤト達は、この二人の命を受けて、打倒魔王を目指している。

ハヤト達一行は下座で片膝を突いて首を垂れ、声がかかるのを待つ。

「顔を上げよ。魔王討伐は順調か」

玉座におられる陛下から、まずは進捗状態を尋ねられる。

「は、それについてですが……。魔族領に後一歩というところで、仲間の召喚師リリスが戦死しました。……回復も間に合わず、即死でした。遺体も、魔物に森へ引きずり込まれ……」

ハヤトが、顔を上げて、虚偽の報告をし、それに真実味を加えるための演技とばかりに、唇を噛み締め、目に涙を浮かべ、そして俯いた。

「なんと！　召喚師のリリスといえば、あの有力な辺境伯の娘ではないか！」

国王が、玉座の肘掛けを叩きつけて、立ち上がる。

「陛下、……非常にまずい事態になりました。彼女は、我々が彼女の能力を耳にして、しぶる辺境伯に是非にと頼み込んで勇者一行に加えました」

枢機卿も、苦々しい顔をする。

リリスは、この国の最も外敵侵攻の多い地区を守る、フォルトナー辺境伯当主の娘である。辺境伯とは言っても、その類稀な軍事力と、それによる国への貢献度といった観点を鑑みれば、公爵、侯爵にも劣らない家であった。

辺境伯の子は男児二人と、長女リリス。特に、辺境伯は一人娘のリリスを溺愛していた。

また、リリス自身も、有能な召喚師として、父や兄を助け、領地を、ひいては国を守っていた。そんな彼女の噂を聞いて、王家が頼み込んで勇者パーティーに招致したのである。

「まずい、非常にまずい……」

「辺境伯になんと伝えれば良いか……」

国王と枢機卿が顔を青くする中、ようやく自分達の軽率さに気づくハヤト達だった。

第六章　幼女、ドレスに作りに狂喜する

やっと魔王陛下のお説教が終わって、私は自分に与えられた部屋で休もうと、マーリンに抱っこしてもらいながら、ニーズヘッグと一緒に廊下を進んでいた。

古竜に対する対応を変えたことについての報告を怠って、魔王城丸ごと大騒動にしたことのお説教はしっかり食らった。

そう。


——ルシファー陛下は意外にねちっこかった。


ネチネチ、ネチネチと、誰がどう大変で、自分もどれだけ対応を考えさせられたかなど、ネチネチ、ネチネチ言うのだ。

そのうち、『英霊召喚』が謎進化して、自分の複製を英霊（エインヘリヤル）として喚べるようになったら、そっちを代わりに置いておくのになー、なんて夢想をしながら、大人しくその場にいることにした（聞いていたとは言っていない）。

「まったく、ちゅかれた」

やっと自分の自室に着くと、ため息をつきながらその扉を開ける。

その部屋には、アリアと、なぜか孔雀（アドラメレク）とアスタロト様がいた。

ちなみに、孔雀（アドラメレク）と言っている理由を説明していなかったかしらね。

奴はとにかく派手なのだ。

緩やかな癖を描くショートボブの髪は濃いエメラルド色で、同色のまつ毛は影を落とすほどに長い。

片目に泣きボクロをつけた瞳は濃いサファイアのよう。弧を描く唇は女のように赤い。

そして、体にフィットした真っ白なスーツ。そして極めつけが、マントの裾一面をレースのように飾る孔雀の羽。

そして、胸元から取り出す扇子も、孔雀の羽で出来ていた。

だから、『孔雀（アドラメレク）』なのだ。

彼の顔を見て、私は、またため息が出てしまった。

自分の部屋から回れ右をしたら、どこで休んだらいいんだろう？

「どちて、くじゃくがいりゅの！」

ともかく、なぜ客人として入り込んでいるのか、問いただすことにした。

「つれないなあ。本当は、今朝尋ねたときにあるものを見せようと思ったんだけれどね。でも、立派にお仕事をしてきた姫へのご褒美にちょうどいいかなと思ってね。もう一度訪ねてきたんだよ。そんな私に姫は冷た過ぎやしないかい？」

怒る私に臆することなく、孔雀（アドラメレク）は親しげに語る。その上、扇子を出して開いて目元を隠し、よよと泣くフリをし始めるその仕草は、少し芝居がかってすらいる。

「ということでね」

彼はパチンと扇子を閉じ、背後にいるらしい人に声をかけると、ひらり、と一枚の豪奢で美しい黒いドレス用サイズのレースを私に見せたのだ。

「ご褒美のドレス作りを楽しんでいただこうと思ったんだけれど……、お気に召さなかったかな？」

そして、背後の人に出てくるように指示する。

彼女達は、先日、ちょっとだけ顔を合わせた仕立て職人の女性達。

彼女達も、楽しい遊びに誘うように、美しい布を広げて私に見せてくる。

「ようやく、リリス様を飾るにふさわしい布が揃ったのです！」

そう言って、仕立て職人達は、それぞれ美しい生地を私に見せながら、満足そうに笑顔を浮かべている。

「ねえ、リリス。お説教が疲れちゃったなら、日を改めてもいいわ。どうする？」

アスタロト様がにっこり笑って尋ねてくる。

その笑顔は、喜びと期待にワクワクしているのが、顔に出てしまっているからなのかもしれない。

「いまが、いいわ！」

私は、部屋に運んで来てもらったマーリンに下ろしてもらう。

そして、彼らのほうへと駆けていった。

マーリンははしゃぐ私を微笑ましげに笑顔を浮かべながら姿を消し、ニーズヘッグは部屋に置いてあった小さめのぬいぐるみを入れたカゴが自分のサイズに合って気に入ったらしく、勝手に入り込んで眠ってしまった。

ぬいぐるみを抱いて眠るニーズヘッグが可愛い。

と、本題からずれたわ！

そうして、私が主役のお人形遊びが始まった。

「まずは、公式の場でも必要になる黒だね。黒は、染めや生地の質で全く色の出方が変わるから、徹底的に質の良い物を探させたんだよ！」

シルク地の薄く光沢のある生地に、繊細な手編みのレース、サテンの少し厚みのある物から、装飾のリボンにするためのレースも揃っている。

「リリス嬢は華奢だから、上半身は華奢さを主張して、腰からはふっくらと豪奢に布を重ねてボリュームを出したいね」

そう言って、アドラメレクが、ちょっと変わった膝丈のドレスを紙にサラサラと描く。

「かわいい……」

袖はパフスリーブでふっくらと、そして、スカートにはサテンとレースを重ねてふんだんに。

ポイントポイントに、リボンの飾りがついているのも可愛い！

私は、その愛らしいデザインに目が釘付けになる。

「くじゃく！　すごいわ！」

「……お褒めいただくのはありがたいですが、その呼び名も出来れば改めていただきたいですね……」

そう言って、アドラメレクが苦笑しながら嘆息する。

「リリス様、こちらの色味もどうでしょう？」

そんな私に声をかけてくれた仕立て職人の女性が広げて見せるのは、上は真っ白、けれど、端に進むにつれて、ピンクのグラデーションになっており、末端はちょうど私の髪の毛の色とお揃いのようになっているのだ。

「うわぁ！　かわいいわ！」

彼女の元に駆けていって、姿見の前でその生地を体に重ねてみる。

「この末端のピンクが、絶対にお似合いになると思ったんです！　でも、上のほうにも同じ色を持ってきますと、お髪の色と被ってしまいますから、このようなグラデーションの染物を選んできたのですわ！」

そして……、と、小物類の入ったカゴの中から、白、薄いピンク、濃いピンクのレースリボンを取り出してくる。

「とは言っても、上半身が白だけではお寂しいですから、リボンで色を添えるんですよ。いかがでしょう？」

そうして、次々と生地を紹介される。私に似合いそうだという、赤、水色、白、淡いピンク。そして、それに合わせた靴用の革も紹介される。

なんて贅沢なの！

私は、両手を組んで感激する。

だって、こんな上等な生地で、こんなに贅沢なドレスを作ってもらったことないわ！

結局、夕方遅くなるまで、アスタロト様とアドラメレクを巻き込みながら、私のドレス製作の検討をしたのだった。

そのドレス達は、仕上がり次第、次々に私の元に運ばれてくる。

また、私が古竜を屈服させ、眷属にしてつれてきたことで、その麓の平野は無事に開拓事業を始められることになったらしい。

私は、その強さと功績を以て、四天王の最後の一人に任命されることになったのだ。

第七章　辺境伯、疑う

「……今、なんと言った」

声はバリトン。地の底から響いてくるような、怒りを含んだ声が、静かに大広間に響く。

ここは、フォルトナー辺境伯の領地に建つ頑強な城、その大広間だ。

まず、上座の領主の椅子に、リリスの父でもあるフォルトナー辺境伯が座り、その両隣に、リリスの兄二人が並び立つ。

そして、下座に、王都からの伝令が膝を突いている。

「……ですから、ご息女リリス様は、勇者一行との旅の中で、名誉の戦死を……」

伝令の額に汗が流れる。

彼にはただただ恐怖しかない。

辺境伯と、嫡男のアベルの威圧感が凄まじく、自分を睨め付ける眼光が鋭いのだ。そして、対客用の笑顔を浮かべているらしい、次男カインの笑顔もむしろ怖い。なぜなら、目が笑っていないのだ。

「……死んだだと？　遺体は？　証拠は？」

「それが、巨大な魔物に森の中に引き摺り込まれたとかで、術もなく……」

伝令の男は、さっきから、ただただこんな説明を繰り返すばかりである。

——らちがあかんな。話にならん。

辺境伯はそう思った。

「もう帰っていただいて結構。ああ、国王陛下には、検討の上、後日それ相当の対応をさせていただくと伝えておけ」

伝令は、ただただこの場を離れたかった。辺境伯とはいえ臣下の一人。その彼の言葉が、どれだけ国王に対して不遜であったとしても。

人として、男としての威厳が桁違いなのだ。

咎め立てなどして、話を長引かせたくなかった。

「はっ！　ご伝言承りました！」

そう言って、伝令は逃げるように去っていった。

その背中が消え去るのを待たずに、さっさと大広間の扉を閉じさせ、父子は会話を始めた。

「……どう思う」

辺境伯が問うと、まず、嫡男アベルが口を開く。

「リリスが戦死？　それも魔獣如きに？　あり得ません。あれは、武を以って名高い我が家の中でも、一番強い娘なのですから」

その兄の言葉に頷いて、カインが口を開く。

「あの子の力を、国と勇者がどこまで把握しているかは知りませんが、あの子は一騎当千。過去の英霊(エインヘリヤル)を召喚出来る、彼女固有の『英霊召喚』のスキルを持ちます。しかも複数です。兄上の言うとおり、まず、戦死などないでしょう」

そこで、カインがニヤリと笑う。

「あるとすれば、仲間の裏切りによる不意打ちとか。何かのトラブルとかしか、考えつきませんねえ……。いずれにしても、あの報告は虚偽のものでしょう。まあ、まずは、我が家の力を以って、真実を探るべきかと思います」

辺境伯とアベルが同意するといった様子で頷いた。

「召喚(サモン)、僕の可愛い小鳥達」

カインが、命じる。

すると、幻影のように無数の色とりどりの小鳥達が、カインの周りに現れる。小鳥達は、その姿と異なり、実際には鳥ではなく精霊の類である。

兄カインも、リリスと同じく召喚師なのである。

彼は、父や兄ほど体は逞しくはないものの、その精霊達を使役する力を以って、戦力として、そして、諜報役として一家を支えていた。

「「カイン様どうしたの〜?」」

「何か調べ物かな〜?」

口々に小鳥達が囃し立てる。

そんな愛らしい小鳥達に、カインがお願いをするように優しく指示を出す。

「そうなんだ。僕の可愛い妹、リリスを知っているよね？」

すると、再び小鳥達が口々に囃し立てる。

「ピンクの子～！」

「つよつよの姫様～！」

小鳥達が口々に、リリスを知っていると囃し立てる。

「そう。ちゃんと覚えていてくれて嬉しいよ。でね、あの可愛い子の行方がわからなくてね」

「大変～！」

「姫様、迷子～！」

小鳥達は、顔を見合わせる。

「捜してきてほしいんだ。それか、彼女の噂を聞いたら、それも教えてほしい」

「え～っと、どこまで飛べばいい～？　国の中だけ～？」

「もっと飛ぶ～？」

可愛らしく小首を傾げて、カインに尋ねる小鳥達。

「魔族領の近くだとか言っていたから、いっそ魔族領内も捜せばよかろう」

父である辺境伯が挟んだ言葉に、カインは頷く。

「えっとね、ちょっと大変かもしれないけど、魔族領も捜してくれないかな？」

「りょ～か～い！」

「僕達、頑張る～！」

そうして、一斉に小鳥達が窓という窓から飛び立っていった。

「さて、何が出てきますかね。僕達の可愛いリリスに何をしたのやら」

そもそも、妹が死んだなどと信じてもいないカインは、ニヤリ、と笑う。

「出てきた事実によっては……」

もう一人の兄もニヤリと口の端をあげる。

「我が辺境伯領の全力を以って、リリスに害をなした者に、制裁を加えなければな。たとえそれが……であってもな」

リリスの父、辺境伯が、問題になりそうなところは、息子達しか聞こえないよう小声にして告げる。

そして、好戦的な笑みを漏らすのだった。

四天王の任命を受けたり、四天王たる者は……、なんてお勉強をして、なんだかんだと一週間ほど時が過ぎた。
……チュンチュン。
その日も、朝の小鳥の囀りで、私は目を覚ました。
私のベッドの脇では、子竜姿のニーズヘッグがベッドがわりのカゴの中で、すやすや寝ている。

ぷっくりとしたお腹が上下しているのが可愛い。だけど寝相が悪いのか、本来のカゴの住人だったぬいぐるみ達は外に追い出されている。

ただ、いつもと少し違うのは、小鳥達がやたらと窓ガラスを突くことだった。

トントン、トントン。

「姫様〜！　やっと見つけたよ！」

小鳥の鳴き声と窓を突く音の中に、そんな声まで混じっている。

「あれ？」

小鳥が喋る。この事象の原因を、私は一つしか知らない。

だから、私はむくりとベッドから体を起こして、その窓辺へ向かう。

すると、青と黄色の可愛い小鳥が二羽、仲良く並んでいた。

「姫様、小さくなってる〜！」

「姫様、可愛い〜！」

やはり喋っている。

そして、精霊だからなのか、その魔力で私を私だと理解しているらしい。


——これは、やはり。

「おにーさまの、おくった、こたちでしゅか？」

彼らからは、よく知ったカイン兄様の魔力が感じられたからだ。

窓を開けてやると、その二羽の小鳥達は、当然のように中に入ってきて、テーブルの上に止まる。

「カイン様、心配していた」

「カイン様、姫様捜してる」

あ、そうか。多分、人間の国ではそろそろ私の死亡報告をハヤト達が伝えて、それが早馬でお父様達の元へ伝わっていてもおかしくない頃ね……。

ちょっと顔を見せるだけならいいかしら？　お父様や兄様達が心配していると知ると、せめて幸せに過ごしていることだけでも伝えたいと、家族の顔を見たいと里心が疼いた。

「ねえ、あなたは、さきにかえって、わたしはぶじ、って、つたえてくれりゅ？」

「噛んだ！」

「姫様噛んだ、可愛い！」

小鳥達は私が、語尾を噛んだことを、愛らしい声で口々に囃し立てる。

は、恥ずかしいわ……。

「姫様、真っ赤！」

「可愛い！」

全く、精霊とはいえ、小鳥なんだから、もう少し幼女に優しくしてくれないかしら。

「で、おねがいは、どうなの？」

囃し立てる小鳥達に、私が少し唇を尖らせながら尋ねると、一羽が羽ばたかせてみせて、胸を張る。

「僕が行くよ！　姫様無事って言ってくる。カイン様、喜ぶ！」

「うん、ありがとう」

そう言うと、一羽は窓から飛び去っていった。

「姫様～、僕は？」

「わたし、たぶん、いちど、かえらないとダメでしょ？」

「そ～だね～！」

小鳥はその可愛らしい嘴を上下させて頷く。

「そのときに、かえりましゅよ～！　って、れんらくしてほしいの」

「そっかぁ～。じゃあ、僕、その時まで、姫様のお部屋で待たせてもらっていい？」

「うん、いいわ」


「というわけで、じっかに、かえる、きょか、くだしゃい」

魔王陛下の執務室で、私は陛下にお願いをしている。

「きょう、にーさまのせいれいがやってきて、しんぱいしてるって」

「まあ、連絡もしていなければ、それはそうだろうな」

陛下もそれには頷いてくれた。

「うちに来た事情も事情だし……」

アドラメレクも同意する。

「……その事情で、勇者に騙し打ちを受けて死にかけましたなんてことを親御さんが知ったら、大ごとにならない？」

いやーな予感を感じたのか、アスタロトが眉を顰める。ああ、私が四天王の最後の一人になって、同格になったことから、『様』付けはいらないということになった。

「とーさま、にーさま、たぶん、げきおこします……」

お父様と兄様達は、たった一人の女の子である私を、それぞれ溺愛していた。

「……リリスちゃん。私がリリスちゃんのお父様の立場だったら、勇者だけにとどまらず、国王に対してまで怒りをぶつけかねないかな……」

「たぶん……」

アドラメレクの言葉に、私は頷いた。

「確か、其方の実家はフォルトナー辺境伯家だったな。我が魔王領にも一部隣接しているから知っているが、魔法と武勇に長けた一族だったな」

「はい」

陛下が思案げに手を組んだ上に顎を載せる。

「たぶん、とーさまたち、こくおうぐんより、つよい、でしゅ……」

こんな深刻な話なのに噛んだ！

「そこにリリスも加われば、あの辺境領、独立しかねないんじゃない？」

アスタロトが首を傾げる。

「でも、人の内部争いまでは、我々には介入しづらいね」

孔雀（アドラメレク）！　それは冷たいんじゃない⁉

――お父様が激昂して、独立を宣言して、戦争になるのは嫌だな……。

「ちが、ながれるのは、いや、でしゅ……」

私は、しゅん、とした気持ちになって、俯いてしまう。

そんな私の様子を見て、陛下がいつになく優しい声で私に話しかける。

「リリス。リリスの身を預かっている魔王領としては、我が魔王領と辺境伯領には、すでに深い縁がある。そんなに気に病まずとも、何かあれば、魔王領も相談に乗ろう」

その言葉を聞いて、とてもホッとして嬉しくなった。

「へーか！　ありがとう！」

私は、執務椅子に座っている陛下の元へ駆けていって、ぎゅっと飛びついた。

第八章　幼女、帰省する

実家の辺境伯領に帰省すると決まったことで、まずは、その日にちを、小鳥さんに伝えてもらうことにした。

「あのね。おっきな、りゅうにのってかえりゅからね」

「うん！」

私の言葉に小鳥が嘴を上下させて頷く。

「おどろかないでね、って、さきに、つたえて？」

「わかったよ、姫様！」

任せろ！　とばかりに、小鳥は胸を張って片方の翼でその膨らんだ胸を叩く。

そして、私の部屋の窓から飛んでいった。

「さて、リリス様も、ご実家に帰られるのですから、一等可愛らしく飾りつけましょう！」

アリアが朝から張り切っている。

部屋のベッドの上などには、すでに候補のドレスが幾つも並べられ、それに合わせた靴、リボンといった小物、チョーカーなどもドレスと一緒に、所狭しに並べられている。

「お父様のお好みはありますか？」

うーん、あったかな。

実家の時は、それどころじゃなくて、戦闘に向いたシンプルな服装が多かったのよね。お母様も、私の小さいうちに亡くなってしまったし。

「あまり、こだわりはないと思うわ」

逆に聞かれて困ってしまって、私は悩ましげに唇を尖らせる。

「でしたら、まずは、『魔族の四天王』とおなりになられたのですから、やはり、最初は黒ベースでお帰りいただきましょう」

そう言って、アリアが、真新しい、ゴシックタイプのレースがふんだんにあしらわれた黒いドレスを指さした。あの、アドラメレク自らがデザインした物だ。

「うん、しょれにする」

こくん、と頷いて、アリアに同意をする。

このドレスは、本当に贅沢に作られている。小さなボタンがたくさん並んでいて、その一つ一つも貝が材料なので、七色に色が変化するのが美しい。

パフスリーブの袖口は絞ってフリルがあしらわれ、アクセントにリボンが飾られている。ウエストはしっかりと細く、そして、ボリュームタップリのふんわりスカート。白い長いソックスを穿いて、靴は真珠とレースがあしらわれたパンプス。

「お髪は、いつものツインテールにされますか？　それとも、何かまとめ髪に……。いえ、いつもの高めのツインテールが愛らしいですわよね」

私に聞くのかと思ったら、髪型はアリアに決められてしまった。

高い位置で二つに結って、生成りと黒のリボンを重ねて飾る。

「まあ、可愛らしい！」

ご機嫌な様子のアリアに促されて、姿見の前に立ってみると、なるほど。

黒とピンクを基調とした、豪奢なフリルドレスの幼女が鏡の中にいた。

「かわいぃ」

思わず、自画自賛してしまった。


そんな時、ドアがノックされた。

「アスタロトだけれど、リリスちゃん、いるかしら？」

「あい、どうじょ」

私が許可をすると、大きなカバンを持ったアスタロトが姿を現した。

「ご実家に帰るなら、私達からのご挨拶の品もいると思ってね。持ってきたのよ。でもねえ、一人でも、魔族の代表はご挨拶に同行したほうがいいと思うのよね……」

こう、他の四天王達が気の利かない男ばかりなので、結局アスタロトがそこを悩むことになってしまったらしい。

「だったら、いっしょに、いこ！」

うんしょ、と背を伸ばして、アスタロトの指先を握った。

すると、アスタロトはにっこりと微笑んで、しゃがみ込んで私を抱き上げる。

「リリスちゃんだけだと、説明も大変だし。礼儀として、魔族領の四天王の誰かが同行するのが筋よね。だって、こんなにかわいいお嬢さんを預かっているんだから」

そして、私の頬に軽く頬擦りをしてくれる。

「うん、とーさま、あんしんするわ！」

ありがとう！　と、私もアスタロトに抱きついて感謝の気持ちを伝えるのだった。


そうして、アスタロトに抱かれたまま、魔王陛下の執務室へ赴いた。

そして、二人でニーズヘッグに乗って、実家に帰郷することを報告した。

「ああ、そうだな。すまない、其方の親からすれば、大切な娘を魔族にした挙句、勝手に預かっているというのに、こちら側の人間が挨拶に赴かないというのも、不義理だったな……」

考えが至らなかったと、珍しく陛下自身が謝ってくださった。

「一部領地を接する国ですし、特に対応は丁寧にすべきかと。ご挨拶の品も、我が国の特産の宝石や布地、珍しい菓子などを見繕って持っていく予定です」

アスタロトが、陛下に進言する。

「えっ！　ほうせき!?」

そんな高価な物まで、あのお土産に入っていたのかと、びっくりしてしまう。

「それは当然だろう。そもそも、其方自身がとても希少で稀有な能力を持った者であると、少し自覚をしたほうがいいぞ？」

「全くだわ。能力はすごいのに、全く無頓着なんだから」

そう言うと、アスタロトに私の小さな鼻を軽く摘まれた。

「あに、しゅるの～！」

私は、アスタロトの腕の中で、ジタバタと、あまり効力のない抵抗をするのだった。


そういうわけで、私の帰省が許可された。

魔王城前の広場で、アスタロトに抱き抱えられて、本来の姿に戻ったニーズヘッグの背に乗る。

私がニーズヘッグに指示すると、彼は折っていた足を伸ばして立ち上がり、ゆっくりとその大きな翼を羽ばたかせる。

「ニーちゃん、とんで！」

最近では、すっかり『ニーちゃん』呼びだ。子竜姿の時に、そのほうが似合うと思ってそう呼んでいたから、定着しちゃったのよね。

バッサバッサと彼の翼が上下するたびに、私達を乗せたニーズヘッグの体がゆっくりと上昇していく。

そして、城よりも高く上昇したところで、ニーズヘッグに事前に教えておいたとおりの方向へと進み始めるのだった。

「流石に、大型の竜だと、速度も速いわね」

私を抱きしめているアスタロトが感嘆の声をあげる。

アスタロトの美しい紫色の髪が風にたなびき、時々顔にかかるのを手で横にかき分けている。

「おおがたの、っていうと、ちっちゃいのなら、いりゅの？」

アスタロトの言い方に、ちょっと、あれ？　と思って聞いてみた。

「いるわよ～！　飛竜っていう小型の竜が、私達の乗り物ね」

うん？　だったら、それを借りればよかったのかしら？

そうすれば、大きな竜の姿で驚かすこともなかったのかも？


やがて、地平線の端に、堅牢な城塞都市と、都市の端を守るための強固な長い壁が見えてきた。

「あれ！　あしょこよ！」

私は、懐かしさに、思わず身を乗り出す。

そんな私を微笑ましそうに見下ろしながら、身を乗り出そうとする私を抱く力を強めるアスタロト。

「とーさまも、にーさまたちも、げんきかしら！」

懐かしい人達の姿を思い浮かべながら、私は、その城が近づいてくるのを、胸を喜びと懐かしさに満たされながら、到着するのを、今か今かと待つ。


そして、ようやく城の上空へ到着すると、地上から、わっと歓声が上がる。

兄様の小鳥に、『大きな竜に乗って帰る』と伝言を頼んだことが、きちんと伝わっているようだ。

城の人達が、まだ姿の見えないはずの私の名を呼ぶ。

「姫様、ご無事で！」

「なんと、あんな竜まで従えるとは、さすがは我らが姫だ！」

「リリス様、お帰りなさい！」

みんなが、旅に出た私を覚えていて、そして、帰郷を歓迎してくれるのが嬉しくて、胸がいっぱいになった。

ニーズヘッグは、城の屋上に着地する気らしい。

警備兵達が、邪魔にならないように左右に散っていく。

そして、ズシン、と着地すると、私を抱えたアスタロトが、土産の荷物を手に持って、ニーズヘッグから飛び降りた。

アスタロトが降りたのを見てとって、ニーズヘッグは子竜の姿になる。

警備兵の一人が、私達のそばにやってくる。

「はるばるのお越し、歓迎いたします！」

「私は、魔王陛下の代理で挨拶に伺った、四天王の一人、アスタロトと申します。多少……、愛らしい姿には戻っておりますが、こちらの姫様の付き添いで参りました」

アスタロトが、出迎えの挨拶をするが、兵士の耳にそれは無事に届いたかどうか怪しい。

「姫……、様？　あれ？　確かにお小さい頃の姫様にそっくりだが……」

アスタロトが抱き抱える『十五歳のはずの姫様』の私の姿に混乱している。

「ひとまず、話をすると長くなりますので、姫様のご家族方にお取り次ぎを願えないでしょうか？」

その言葉に、警備兵ははっと気を取り直して、手のひらを額に添える。

「はっ！　失礼しました！　急ぎ、辺境伯閣下御一家にご報告します」

そんな警備兵の横から、若い侍女がやってくる。

「客間にご案内いたしますわ。ささ、こちらへ。お荷物もお預かりいたします」

彼女は、アスタロトから荷物を受け取り、私達を階下の客間へと案内してくれたのだった。


客間のソファに、私とアスタロト、そして子竜の姿のニーズヘッグが腰掛けて待つことしばし。

「リリス！　リリス！」

どかどかと男性複数人の荒々しい足音がして、ドアの向こうからお父様と思しき声が私の名を呼ぶ。

「きたみたい」

その足音が、扉の真裏まで到着すると、バアン！　と荒々しく扉が開かれた。

来訪者は三人。お父様と二人の兄様。

「リリスはどこだ！」

お父様が部屋の中を見回して探す。

「あい、ここでしゅ」

私はソファから、ぴょんと飛び降りて、トコトコと、お父様の足元まで歩いていって、足元から、お父様の顔を見上げる。

——く、首が痛い。

すると、三人の目が一斉に上から下に立っている私に注がれる。

「「「リリス？」」」

三人が一斉に首を捻りながら、私の名を呼ぶ。

「小さい……。だが、子供の頃のリリスには酷似している……」

アベル兄様が、しゃがみ込んできて、じっと私を見る。

「でも、当時よりもさらに愛らしくなっていないか？」

同じくしゃがみ込んだカイン兄様に、頬を指先でぷにっとされる。

お父様もしゃがみ込んできて、私の両脇に腕を添えて抱き上げながら、立ち上がる。

「確かに、子供の頃のリリスにそっくりだ。だが、なぜ……？」

そこに、ちょうどいいタイミングでアスタロトが口を挟んでくれた。

「そうなるまでには、色々と経緯がありまして。私は魔王陛下の四天王、アスタロトと申します。この私から、説明をさせていただけませんか？」

三人の目が、今度はアスタロトに注がれる。

アスタロトは、赤く艶やかな唇が印象的な女性だ。目と髪は紫。その肢体も女性として完璧に作られた姿かと思うほど。着ている黒の豪奢なドレスは、出るところはハッキリ出て、引っ込むところは引っ込んでいることを強調している。

そして、その紫色の髪から、魔族の象徴たる二本のツノが生えている。

「これは、わざわざ遠路はるばるお越しいただき、恐縮です。立ち話もなんですから、腰を下ろして、ゆっくりお話を伺いましょう」

お父様がそう言って、ようやく話し合いが始まろうとしていた。


客間のソファに、全員で腰を下ろした。

お父様達が並んで三人、その反対に私達が座っている。

そして、土産にと持ってきた品を、アスタロトがテーブルの上に並べる。

「これは、魔族領特産の宝石、布地、そして、おそらく人間の国ではないであろう、珍しい菓子などを、ご挨拶がわりの贈り物として持ってまいりました」

アスタロトが、そう口火を切って、テーブルの上の品を、お父様と兄様達に確認してもらう。

「いやいや、これはわざわざご丁寧に……。娘の身柄を預かっていただいた上に、こんな高価で素晴らしい手土産まで……、痛み入ります」

そこで、お父様がお茶を持ってきた侍女に、手土産の菓子を指差し、この場に添えるよう命じた。

「そして、本題ですわ、辺境伯閣下。皆様方は、リリス姫に起こった、真実をお知りになりたい、そうですわね？」

にっこりと、赤い唇に弧を描かせながら、一つの水晶玉を取り出す。

「そうです！　国からは、『魔獣に襲われ森に連れ込まれ助ける術もなかった』などという、にわかに信じがたい説明しかないのです！」

お父様達が、そう言って憤慨していた。

――え。流石にそんなことで死んだりしないんだけれど、私。

「わたち、しょんなに、よわくないわ！」

ぷんぷんと憤慨する。

むしろ、そんな失態をするとしたら、私以外の他のメンバーだろう。補填に入れられたものの、弱すぎる上に傲慢、努力もしないしで、頭が痛かった。

「知っているわよ。この水晶はね。魔道具の一種で、映像を記録出来るの」

ふふ、とアスタロトが笑う。そして、言葉を続ける。

「私、あなた達の諍いを見ていた。……どういうことか、わかるかしら？」

にっこり笑って、アスタロトが私の頬を撫でる。

「しょーこ、ありゅ？」

私がそう言うと、「よく出来ました」とでも言わんばかりに、頭を撫でられた。

「諍いとは……」

カイン兄様が、新たに出てきた事実に、目を瞬かせる。

「まずは、記録をご覧に入れましょう」

侍女に、部屋のカーテンを全て閉めてもらう。

そして、水晶を起動すると、部屋の暗闇の中に、平面状の映像が展開された。

魔獣に襲われ、私が先頭に立って、防御障壁を展開する。

「守りは任せて！　貴方達はあれを倒して！」

その指示通りに、ハヤト達が魔獣を倒す。

そして、ホッとしたその瞬間、私は、背後に回ったハヤトに、胸を剣で突かれたのだ。

そんな一部始終が記録されていた。

バン！

それを見たお父様達三人が、怒りのあまり悪鬼かと思うぐらいに怖い形相で、テーブルを叩きつけて立ち上がる。

「……これはどういうことだ」

お父様の声が、怒りのあまりに震えている。

「権力を盾に無理やり招致しておきながら、勇者がリリスを殺めようとした？」

アベル兄様のこめかみに浮かんだ青筋がすごい。

「ねえ。このクズ勇者、今すぐ殺してきてもいいかな？」

暗い声で呟くカイン兄様。

「まあ、落ち着いてください。この、先の映像のとおり、お嬢様は自力で英霊（エインヘリヤル）を喚び、回復なさいました。ですが、流した血が多く、気を失ってしまいました。そのままでは危険ですから、私が、魔王城へと身柄をお預かりしたのです」

アスタロトが、その後、私が魔王城にいる理由を説明した。

勇者達の虚偽の報告によって、あの国に居場所がないであろうことや、実家へ降りかかる迷惑などを考えて、魔族となることを決意したこと。

——手違いで、幼女化したことは謝罪していた。

ただし、見た目こそ幼女なものの、魔族となったことにより、さらに強くなっていること、その結果、魔族領を煩わせていた古竜を退治しに行き、退治どころか眷属にしてしまったことなどを、アスタロトが説明してくれた。

「……父上」

冷静そうに見えて一番怖いカイン兄様が口を開く。

「どうした、カイン」

「勇者共は、私の全力を尽くして捕まえます。ですが、元はといえば、国王と枢機卿がこの国の財政状態も鑑みず、『勇者召喚』『魔王討伐』などと、意味もない愚行を始めたことが原因ですよね」

カイン兄様は淡々と呟く。

「そもそも、あの愚王と枢機卿の過剰な徴税など、我が領民も苦しんでおります」

「ああ、その通りだ！」

カイン兄様に同調するように、アベル兄様が、バン！　とテーブルを叩いた。

「そして、我が領地の戦士達は、平和に慣れ切った国王軍など、相手にもならないぐらいに強い」

——えっと、なんだか、話が大ごとに……。

「父上」

「うむ」

「いっそ、独立しませんか？　可愛いリリスにされたことも考えれば、私は我慢の限界です」

カイン兄様が、結論を述べた。

それは、とても大変な言葉で、一瞬その場が、しん、とする。

その静けさを破ったのはお父様だ。

「アスタロト殿」

「……はい」

「我らが独立宣言をし、仮に、国が内乱状態になった場合、我々と領土の境を接する魔族領は、どうなされる？」

「……そうですね」

しばし逡巡したのちに、アスタロトが口を開いた。

「あの国からは、いささか迷惑をこうむっております。度々の勇者召喚による領民の虐殺などは日常茶飯事。……ですから、まず、彼の国に加担することはありません」

うむ、とその言葉にお父様が頷く。

「あれは愚行です。多くの犠牲を払ってまでやることではない。魔族領からの進軍などないものを、なぜか、王の権威を見せつけるがために、慣例のように行なっている。ですが、我々が独立したとしても、そういった愚行は行わないとお約束しよう」

私も、今は魔族の四天王。そして、魔族領の人達の営みは、人間のそれと変わらないことを知った。

私にとっても、勇者召喚が行われて傷つく人達は、私が守るべき国の民だ。

そして、私は元々人間。無関係な人間達にも、血を流して欲しくない。

この、魔族になって得た力を以って、人間も魔族も血を流さずに解決する、そんな力の使い方が出来ないかしら？

「ねえ、とーさま。わたし、してんのうなのよ！　まえよりちゅよくなったの！　きょうりょくしたいでしゅ！」

私が口を挟むと、お父様達三人がギョッとした顔をする。

「な!?　確かにリリスは強いが……」

お父様が狼狽えている。

そんなお父様を他所に、私とアスタロトは、秘密の共有者のように視線を重ねる。

「リリス姫は、魔族になられて、さらに魔力量も、その威力も増していらっしゃいます」

ふふ、と、アスタロトが笑う。

お父様と兄様達は、驚きと、アスタロトの笑みに魅入られ、呆然としている。

「ねえ、アスタロト」

「なあに？」

私が言い出しそうなことがわかるのか、アスタロトはまだ微笑みながら、私の頭を撫でる。

「じっかのおてちゅだい、いいよね？」

しょうがないわね、といった様子で、彼女は、私の頭を優しくポフポフとするのだった。

「さて、独立宣言と、勇者共の身柄引渡しの要求……、どこでするか、ですよね」

すっかりそれが既定路線とでもいうように、カイン兄様が呟く。

まあ、辺境伯現当主であるお父様が決めたことなら、確かに決定事項に違いないのだろうけれど。

「今すぐにでも宣言して、進軍すればいいじゃないか！」

安直に発言をするのは、脳筋なアベル兄様。

「だめだよ、兄さん。少しでも、効果のある方法、そして、罪のない一般民にはなるべく被害を出さない。独立戦争のために、国土を荒らしてしまってはいけない。大切なことだよ」

即座にアベル兄様の案は、カイン兄様に却下された。

「カインの言うとおり、ただこの地から進軍を始めたのでは、罪のない者にまで被害が及ぶ。それは避けたい。国土が荒れれば、国民は次の年に飢えるかもしれない」

お父様の言葉に、二人の兄様が頷いた。

「……そう言えば、勇者パーティーの新メンバーの披露目が、王城で予定されていたはずだな」

ふむ、と呟きながら、思案げにお父様が顎を撫でる。

「すると、王族に枢機卿、勇者達に、他の貴族達も集まると……、そういうことですかね」

カイン兄様が、何かを思い付いたのか、ニヤリと笑う。

「何か策があるのか、カイン」

お父様がカイン兄様に顔を向ける。

「そこに、我々も参加して、アスタロト様の記録の水晶をお借りして持ち込み、真実を暴露。勇者共の引き渡し要求と、独立宣言をする。そして、それと同時に、他の貴族にも、その是非を問うてはどうでしょう？」

「その……、他の貴族だが、協力は得られそうなのか？」

アベル兄様が首を捻る。

「召喚(サモン)、僕の可愛い小鳥達」

すると、カイン兄様の周りに、無数の小鳥達が姿を見せる。

「みんな、王様のことどう言っていた？」

すると、小鳥達が我先にと報告しだす。

「重税ありえないって〜」

「勇者に村の大事な食料強奪されたって怒ってた〜」

「勇者がツボを割ったり、箪笥の中まで荒らしたりすんだって〜」

「勇者が領主の城の宝箱を勝手に開けて持っていったらしいよ〜」

「王様が止めないから、教会が好き勝手に税をあげて困るって〜」

「王様も枢機卿も、愛人のおねだりのために税上げるのやめろだって〜」

「宰相してるおじいちゃんも、二人が言うこと聞かなくてほとほと困ってるって〜」

――国王陛下も勇者もかなり嫌われていない？（汗）

「いっそ仕掛けてみる価値は、ありか」

お父様が小鳥達の声から、勝機ありと判断したのだろうか？

「ああ、父上。宰相閣下には、時期が来ればと、内密にお話を通しておきました」

そうカイン兄様が報告すると、「よくやった、カイン」とお父様が力強く頷いた。

「それ以外の、他の貴族を取り込むことは出来なくとも、我が領だけでも十分な力はある。それと、リリスのことをご縁に、魔族の方々は中立してくださることですし……」

カイン兄様が、チラリとアスタロトを見る。

すると、その視線を感じたアスタロトが、にっこりと妖艶で極上の笑みを浮かべるのだった。

「そう、ですわねえ……。確かに、我々は中立な立場ですが、私達はお嬢様を預かる身。実は陛下から『中立を保て。ただし必要な手助けがあれば、判断は一任する』と言伝をうけております」

そう言った後、アスタロトはしばらく思案に暮れるように、扇子を取り出して口元に当てて動かない。

「そうだわ。閣下の側につきたくとも、貴族達がまず気にするのは、王都に住む家族の安全が保証されるか、ではなくて？」

争いには加担しない。だが、人命救助に協力する、という良案を思いついたことに満足なのか、赤い唇が殊更大きく弧を描く。

彼女の提案のとおり、人間の国では、領地持ちの貴族だと、家族が王都や領土の都合の良いほうにそれぞれ住んでいたりする。

仮に、王都に家族が住んでいた場合、彼らを逃すのが遅れれば、人質とされて、自由に身動きが取れなくなるかもしれないのだ。

「飛竜隊をお貸ししましょう。そうすれば、大勢の人間を、王都からそれぞれの領地へと逃すことが可能でしょう。それと、ニーズヘッグもいれば、退避は十分かと」

足を組み直したアスタロトが、にこりと笑う。

お父様達は、彼女の色気に当てられながらも、そのもっともな懸念事項と、それの対処を引き受けてくれるという言葉を、とても、心強く感じたのだろう。

「アスタロト殿、かたじけない！　素晴らしいお申し出、感謝いたしますぞ！」

お父様が、この場に便乗して、アスタロトの手を握っていた……。

「リリス。あなたは、この城にとどまって、お父様方と一緒にいなさい。久しぶりの家族団欒も必要だわ。そして、ツノが見えない髪型にして、何食わぬ顔でお披露目会に一緒に行くといいわ。きっと、事情を知らなければ、妹か親族だと思うでしょう」

「うん、わかった」

アスタロトの言葉に、私は素直に頷いた。

「アスタロトは、どうしゅるの？」

「私は、一度魔王陛下にご報告しないとならないし、態勢を整えるために向こうに帰るわ」

うん、彼女は一度帰るらしい。

「飛竜達は、場が混乱している頃合いを見計らって、そちらの国土に着くようにしましょう。ああ、そうね。一般的に人は『魔族は恐ろしい者』と教わっているから、そこは問題ないんだということを皆様にお伝えしておいてくださる？　でないと、救助作業に支障が出ますから」

今度は、アスタロトが、お父様に依頼ごとをする。

「わかりました、そのように、皆に伝えましょう」

そして、両者は握手を交わしたのだった。

第九章　辺境伯、独立する

私は今、実家の自室で、幾つか持ち込んだドレスのうち、ピンクのグラデーションの愛らしいドレスを侍女に着付けてもらっている。

だって、人間のお披露目会で幼女が真っ黒なドレス着ていたら、違和感あるじゃない？

「実に見事な、そして、愛らしい姫をさらに可愛らしく見せてくれる、素晴らしい逸品ですねえ」

そのドレスは、袖はパフスリーブで、両袖にはピンクのリボンが飾られている。

上半身は白く、スカート部分がシルエットがまぁるくなるほどに重ねられた生地。

そして、色は、白からピンクへと変わっていくのだ。

上半身とスカートのつなぎ目、腰の部分に、大きなリボンも付いている。

「本当に可愛らしい……」

昔実家にいた頃に世話をしてくれていた侍女が、着付けが終わった私を見て、うっとりしている。

「次はお髪ですね……。その小さな丸いツノを隠すために、一度ツインテールにまとめてから、それをふわりと巻き上げるアップスタイルにしましょうか」

侍女が、私の髪を持ち上げて、こんな感じだと見せてくれる。

「うん、ちゃんとかくれりゅし、いいかんじ」

左右にアップスタイルにした髪には、パールのついたピンや、リボンで飾ってくれた。

「抱きしめたいくらいに、可愛らしいです！」

出来上がりを見て、侍女が両手を組んで絶賛している。

確かに、姿見の中の私はまるでお人形のようだわ。


侍女に抱き上げられて、お父様と兄様の待つ、居間へ連れて行ってもらった。

「姫様、準備整いました」

そう言って、侍女が扉を開けて、待っていた三人に私をお披露目する。

「かっ、可愛い……」

「天使だ……」

「なんて愛らしいんだ！」

侍女に降ろされたと思ったら、そう叫んだお父様に抱き上げられてしまった。

「父上、ずるいです！　私だって、リリスを抱きしめたい！」

「俺だって、リリスを抱っこしたいぞ！」

先手を取られた兄様達が、抗議の声を上げる。

そんな中、カイン兄様が、アスタロトからのお土産のマカロンを一つ手に持って私のそばにやってきた。

「リリス、はい、あーん」

——え？

「あ、あーん」

パクリ、と一口マカロンを頬張る。

「あっ！　カイン、ずるいぞ！」

「良いじゃないですか、可愛いリリスを、見ていてくださいよ」

またしても残りを口元に充てがわれるので、パクリ、と口にする。

——兄様達、私は小動物ではありませんよ？

そんな中、我が家の側近の騎士が、ため息をつく。

「姫が愛らしいのは、よーくわかります。ですが、今日がどんな日か、おわかりで？」

そう、国中の貴族が集まる中で、勇者の非道を暴露し、独立を宣言する。そのための旅立ちの日だ。

「では、馬車に参ろうか」

コホン、と、誤魔化すかのように咳をするお父様。

そして、私達は、馬車で王都へと向かったのだった。

ちなみに、子竜姿のニーズヘッグは兄様に抱っこしてもらったわ。

長い旅路を終えて、ようやく王都に辿り着いた。

流石に、辺境伯というのは伊達じゃない。

そして、勇者の新メンバーのお披露目会の会場へ案内される。

だが、『辺境伯の娘の戦死』は、割と広まっているらしく、私達一家に気づいた貴族の中には、お悼みの言葉をかけに来てくれる人や、ざわざわと、「気丈な方だ」と噂する者もいた。

そんな中、まさか容姿がそっくりだったとしても、四歳児が、その当人だと思う人間はいなくて、私は、別腹の末娘だろう、というような目で見られていた。


そして、国王陛下と枢機卿、宰相といった方々が壇上に現れる。

国王陛下に呼ばれた勇者一行が、下座フロアの中央にある大きな扉から現れる。

今回に関しては、はじめの壮行会の時と違って、微妙な雰囲気だ。

大きな歓声が上がるでもなく、むしろ、私達一家の顔色を窺う人のほうが多い。

「さて、今回は、名誉の戦死を遂げた、フォルトナー辺境伯の娘リリスに代わり、勇者一行に新メンバーが加入することになったことを激励する会だ。まずは、フォルトナー辺境伯、こちらへ」

国王陛下に呼ばれて、お父様が国王陛下の足元へ歩み寄る。

「其方の娘リリスについては、魔獣相手に勇敢に戦った上での戦死と聞く。それを悼んで……」

そう、国王陛下が言うのを、お父様の声が遮る。

「それは、事実ではない！　我が娘は、あの勇者の風上にもおけぬ者の非道により、殺されそうになったのだ。ここに、それを記録した魔道具がある！」

そう言うと、お父様はアスタロトから借り受けた水晶玉を掲げて、それを、明るくても見えるよう、高出力で起動する。

そして、私が、勇者達を庇って背を向けた隙に、背後から胸を剣で突き刺されたシーンと。

それを、嘲笑うように眺める他のメンバーの姿がフロアのどこから見てもわかるように映し出されたのだ。

「な……なんで。誰が……！」

逃げ出そうとする既存の勇者一行三人に、アベル兄様が駆け寄り、あっさり追いついて、その足を強く蹴り上げて、足を挫く。

共についてきた騎士が、三人を縄で捕捉した。

「我が娘は戦死したのではない！　この非人道的な勇者を騙る者達によって、殺されかけたのだ！　私は、彼女の父として、フォルトナー辺境伯として、この者達の身柄の引き渡しを要求する！」

お父様は高らかに宣言した。

一気に場がざわめきだした。

そして、壇上にいる、国王陛下と枢機卿は、まさかの事態に顔が真っ青だ。

その横で、宰相閣下が泰然とした顔をしている。

「勇者の身柄引き渡し……」

「いや、娘を殺されかけたんだ、当然だろう」

「そもそも、本来の命もこなさずに何をやっていたんだ、あのクズは……」

勇者ハヤト達を非難する貴族達の声でざわつく。

そのざわついた会場内に、国王が震えながらも大きな声で叫ぶ。

「その勇者は、我が国と教会の威信をかけて、異世界から呼び出した勇者だぞ！　それを、引き渡せとは、辺境伯風情が、なんたる傲慢！」

「ほう、言いましたね」

お父様がニヤリと笑う。

そんなお父様の横に、カイン兄様が歩み寄る。

「勇者って、陛下……。これ、犯罪者ですよ？」

そう言って、床に尻をついているハヤトを、カイン兄様は靴で顎をしゃくる。

すると、事前に内通しているとカイン兄様が言っていた、宰相閣下が口を開いた。

「閣下の御子息が言うことのほうが、法的には正しいですな」

再び会場がざわつく。

「我々臣民は、度重なる増税と、勇者の横暴により疲弊している。挙句に、そもそも、魔族側からの侵攻も一切ないにもかかわらず、王と教会の威信を誇示するために、勇者を召喚し、無駄な戦争を仕掛けている！」

お父様が、そのざわめきさえも蹴散らす、よく通る低い声で朗々と演説する。

宰相閣下は、壇上から降りてきて、お父様のもとに歩み寄り、穏やかな声で残酷な事実を語る。

「皆さん、知っていますか？　勇者召喚には、大勢の魔術師の命の代償が必要だということを」

そこで一気にざわめきが大きくなる。

「代償とはどういうことだ？」

「命と引き換えにしているということだろう！」

「なんと……」

「臣民の命をなんだと思っているのか……！」

「税だってそうだ、あれじゃあ、領民は生きていけない！」

そのざわめきが、少し収まったところで、宰相閣下が、再び声をあげる。

「国王陛下。愛妾のおねだりに浪費するのはおやめくださいと、何度も進言しましたね。そして、枢機卿閣下、閣下もです。美少年を侍らすのはご勝手ですが、そのおねだりにかける浪費も度が過ぎました」

そして、お父様に向き直って片膝を突く。そして、頭を下げて臣下の礼を執った。

「以後、私は閣下にお仕えさせていただきたい」

うおおお！　と一気に会場が騒ぎ立つ。

「だったら、私もだ！」

「こんな国は、お断りだ！」

「辺境伯！」

「閣下！」

お父様の周りを、多くの貴族が囲む。

「我が辺境伯家は、一国家として独立する。そして、魔族とは争わず、同盟を結ぶことにする！　彼らに我々を害す思想はない！　彼らが邪悪であるという教えは、教会の洗脳に過ぎない！　この考えについて来られる者は、私と共についてきてほしい！」

朗々とお父様が宣言すると、わあああああ！　っと歓声が上がる。

「私は、フォルトナー閣下についていく！」

「フォルトナー独立国家、万歳！」

しかし、それに反対する声が上がった。枢機卿だ。

「魔族に……、悪魔に身を売った男の甘言に騙されるでない！」

魔族は悪魔であるとする教義を信奉する枢機卿が、慌てて事態の収拾を図ろうとするが、それに同調する貴族もいない。

「サモン、エインヘリヤル」

私は、数名の英霊（エインヘリヤル）を呼ぶ。

「だっこして」

そして、腕を伸ばして、大賢者マーリンに抱きあげてもらう。

「みんな、まんなかに、いきましゅ」

私の指示で呼び出された英霊（エインヘリヤル）達と、ホールの中央に向かう。

「え！　あのお姿は賢者マーリン！」

「英雄ガレス殿まで！」

「大聖女様もいるぞ！」

かつての英雄達の信奉者もいるのか、中には、膝をついて祈り出す者まで現れる。

マーリン達のこの国での生前の功績は素晴らしく、今でも英雄として讃えられている。物語や肖像画もたくさん作られているのだ。

「ね、フェルマー。わたしのツノ、みえりゅように、ちて」

私は、大聖女フェルマーに、髪を解くよう頼んだ。

「良いのですか？　せっかくお綺麗にまとまっているのに」

「うん」

すると、フェルマーは器用に私の髪を解く。

そして、私の頭に小さなツノが現れた。

「我が名は大賢者マーリン。死して英霊（エインヘリヤル）となり、今はリリス殿をマスターとして仕える者なり！　姿こそ幼くなられたものの、姫はここに生きておられる！」

まさかの、かつての英雄の発言に、シーンとなる。

「リリス殿は、あの勇者に欺かれ、殺されかけた。命の灯火も消えようという時に、魔族に救われた。

この非道な裏切り行為の被害者は、姿が変わったとしても、生きておられるのだ！」

「オレ達は、リリス様にお仕えする身」

ガレスも明言する。

「リリス姫も生きておられた？」

「では、勇者の証言は虚偽ということじゃないか！」

「己の罪を隠すために虚偽の報告をするとは、勇者として、いや、人としてあるまじき行いだ！」

勇者に対しても、貴族達の怒りが奮発する。

それと時を同じくして、勇者の非道な行いに怒りの声を上げる者とは別に、冷静に情勢を分析する貴族達が発言する。

「……英霊（エインヘリヤル）を僕に」

「しかも、魔族とも友好的にされている……」

「……勝負など、明らかじゃないか」

「そもそも、この王国の施政者に義などない！」

「立つべき方が、決起なされたのだ!!」

あっという間に、宰相閣下をはじめとした大半の貴族がお父様側につくことを宣言する。

国王側に残った貴族は、ごく僅かだった。

「ここに、私に共感してくださる方々とともに、フォルトナー家は、独立国家となることを改めて宣言する！」

お父様の言葉に歓声が上がる。

そんな中、混乱する貴族達を、私は誘導する。

「なかまは、おとーさまのほうに、きて！」

その言葉に、フロアにいる貴族達が、綺麗に二つに割れた。

「バリア、ちて」

その言葉に、大聖女フェルマーが頷いて、私達に賛同してくれた貴族とそうでない貴族を隔てるように、かなり厚い防御障壁を展開してくれた。

「なっ、な……」

国王は、きっと、「謀反者は捕らえろ！」などと言いたかったところを、先手を打たれたというところだろう。顔を真っ赤にして、何事か喚いて憤慨している。

そこに、退避に協力してくれる約束だったアスタロトが、会場の入口から武装した魔族兵を二人伴ってやって来た。

「ちょうど、間に合ったみたいね」

武装した大人の魔族が現れたことに、一瞬動揺する者もいたが、そこを『大聖女フェルマー様』が優しい笑みを湛えて、安心させる。

「皆様、あのかたは、お味方。私が保証しましょう」

そう言われると、改めて、アスタロトのほうに貴族達が注目した。

「皆様の中に、ご家族を王都に住まわせていらっしゃる方はいらっしゃいませんか？　我々の飛竜を使って、迅速に皆様のご領地までお運びいたしましょう！」

アスタロトがそう叫ぶと、貴族達が喜びの声をあげる。

「確かに、早く逃さねば、人質に取られてしまう！」

「そこまでのご配慮をくださるなんて！」

「やはり、義のある方々だ！」

「さあさあ、皆様方、避難しますから、こちらへ。それぞれ担当の者をつけますから、ご家族の居場所までご案内ください！」

アスタロトの声に誘導されるように、貴族達が一人また一人とフロアから立ち去っていく。

しかし、国王達は、それの状況にただ手をこまねいて見ていることしか出来ないでいた。

「くっそー！　裏切り者の家族を見せしめにしてやろうと思ったものを！」

そう叫ぶ国王の声に、さらに国王から離れる者がいたのに、彼は気付きもしなかった。

「戦争じゃ！　戦じゃ！」

国王は叫ぶものの、その仕切りをすべき宰相はいない。しかも、軍務卿といった主だった官僚達も、いつの間にかいなくなっていた。

賛同する貴族達を全て避難させてから、私達は城の外に出る。

飛竜での避難は、家族が限界。

だからだろうか、使用人達と思われる人々の群れが、馬車や馬、徒歩で王都から出てゆくようだ。

そして、家族を呼び寄せた貴族が、一人また一人と、飛竜で飛び去っていく。

「アスタロト殿の協力のおかげで、こっちも大丈夫そうだな！」

お父様は、味方の貴族達に被害が及ばずに済みそうな状況を確認して、ほっとした顔をする。

「じゃあ、俺達も、これを連れて、一度帰るとするか」

そう言って、アベル兄様が、床に転がされている勇者達三人を軽く蹴飛ばした。

「父上、王都の館の貴重品を引き上げてきました」

そう告げるのは、カイン兄様。手回しがいいわね。

「わたしは、もう、ちゅかれまちた」

マーリンに抱かれたままの私は、彼の腕の中で、ため息をつく。

色々ありすぎて、疲れちゃったわ。

そんな様子を見て、皆に笑みが溢れる。

「じゃあ、私が皆様をまとめてお連れしましょう！」

ニーズヘッグが、子竜姿でぽん、と胸を叩くので、本来の姿に戻れそうな広さの場所を探す。

そして、彼は元の古竜の姿に戻った。

「さあ！　皆様を、ご領地にお運びしましょう！」

馬車は、連れてきた御者が、「後からお持ちします！」と言ってくれたので、護衛用に騎士をつけて、後から追いかけてもらうようにした。

ニーズヘッグに乗って帰っているので、きっと帰りはあっという間だろう。

やはり大型竜というのはすごい！

お父様が演説をして、アベル兄様が勇者達を確保する中、カイン兄様は、私達側についた貴族から、お名前と領地の聞き込みをしていたらしい。

カイン兄様は、ニーズヘッグの上から、下に見える大地を眺めて、国境線はこんな感じ……、と、用意周到に地図を持ち込んでいたらしく、それに線を引きながら、これからのことをすでに考えているようだ。

「リリス、見てごらん」

カイン兄様に抱きかかえられながら、その線を引いた地図を見せられる。

その線によれば、元王国の領土は、王国領と教会の荘園と、幾ばくかの貴族の領土を残すのみ。そして、魔族領を除いた大陸の大半が、私達の新たな王国の領土となることが示されていた。

「ほら、下をごらん。あの山から、あそこを通って、そして、あの端までが、これから治めていかないとならない領土だ。僕達が守っていく、臣民とその土地になるんだよ」

カイン兄様に促されて、地上を眺めると、これから、お父様の王国の領土となる土地は広かった。

そして、蟻の群れと言っては失礼なのだが、そんなサイズの人々が、一生懸命に移動しているのが見える。どうも、独立の噂を聞きつけて、私達の新たな国に移民を望む人もいるようだ。

「しあわしぇに、してあげなくちゃ、ね」

お父様に呼応してくださった貴族と、その民を彼らの期待どおりに、幸せにしてあげないといけない。彼らの希望を踏みにじってはいけない。

「責任重大だよね」

そう言って、カイン兄様は、風になびく私の前髪を優しく撫でた。

「リリスは可愛いのに、賢いね」

――え？　兄様。私は十五歳なんですけど!?　最近引きずられつつあるけど、中身は十五歳よ!?


「父上」

「どうした、カイン」

私が心の中で抗議していると、今度はカイン兄様が、お父様に声をかけた。

風に煽られる地図の形を整えながら、抱きしめている私の前で地図を広げて、お父様に見せる。

「我々に賛同してくださった領地持ちの貴族は、こんな感じです。できれば、この線に沿って防衛壁と要所に砦の建築が出来れば、後顧の憂いも減るかと思いますが……」

「だが、今はまだ、地上から、我が領や、己が領地へ戻ろうとする者がいるからな。しばらくは、その砦なしで、防衛しないとならん。それに、その規模の壁を作ろうとすると、なかなかの大事業になるな」

地図に引かれた長い線を見て、お父様が、うーむ、と唸る。

そりゃあ、これだけの長さの壁を作るのも大変そうだけれど、壁をなしに防衛するのはもっと大変。と思ったのだけれど。

「まあ、国王軍が瓦解していますけどね……」

「ふえ?」

それはどういうこと? と思って私の口から、変な声が出た。

「元軍務卿と騎士団長殿も、我ら側につきたいと申し出があって、今頃移動中のはずなんだよ。とすると、後は教会の聖騎士団くらいかなぁ。彼らは熱心な信者でもあるはずだから、よほどのことがないと、離反はないだろうね」

そして、よしよし、とカイン兄様に頭を撫でられる。

うーん、それは、碌に戦力が残っていないだろうなぁ。

——憐れ、元国王陛下。

あ! 勝手に『元』ってつけちゃった!(笑)

一応、あちらの国は、ノートン王国と言う。まあ、私達が独立しただけだから、幾ら国力が落ちたからと言っても、『元』は言い過ぎね。

「とはいえ、戦力はあるわけだから、注意は必要だろう」

お父様は、まだ気を緩めないように、と私達に注意した。

そんな会話を親子でしていると、前方から声がした。

「それ、皆様を領地にお送りしたら、私がお役に立てないですかね?」

ニーズヘッグだ。

「ちょっと今は飛行中なので、新しい境界線とやらを確認出来ませんが、ご領地に到着次第、今度は、上空を飛行しながら、こちらに向かって避難してくるみなさんをお守りしますよ」

――え、それ、むしろ怖くない？

「おっきな、りゅう、みんな、こわくない？」

だから、心配になって聞いてみた。

「私は喋れますし、辺境伯閣下の姫君の僕だと語りかけながら、上空を飛ぶだけです。勿論、外敵は排除しますけどね。それであれば、皆さんもわかっていただけないですかね……。それと私はそんなに怖いですかね……」

ちょっと首をうなだれて、しゅんとするニーズヘッグが可愛い。

「いや、凹むことないぞ、ニーズヘッグ！」

そう励ますのはアベル兄様。

「正確にはリリスの眷属だろうと、国に、守護竜がいると見せかけるのは、敵に対する大きな牽制になる！　俺を乗せて共に声がけすれば、民は安心するんじゃないか？」

そうして、アベル兄様が、ニーズヘッグの鱗をペシペシと叩いた。

すると、ニーズヘッグが嬉しそうに、ガオーッて鳴いた。

そういえば、ニーズヘッグって、いつも人の言葉で喋ってくれるから、鳴き声って初めて聞くかもしれない。

「確かにアベルが乗っていれば、民衆も味方だとわかって安心するだろうな」

お父様も、やる気のアベル兄様に同意する。

「ふむ、そうすると、ニーズヘッグとアベルで、馬や徒歩での避難民の移動が済むまでは、暫く彼らの見守りを頼みたい」

お父様が、ニーズヘッグの鱗を叩きながら、アベル兄様に、頼んだ、とでも言うように肩を叩く。

みんな、無事に移動出来るといいな。

そう願いながら、私達は空から自分達の城へ向かうのだった。


「おしろ、みえてきたぁ～！」

視界に、懐かしの我が家（城）が見えてきて、ようやく、気持ちがほっとしてきた。

そして、その姿が大きくなればなるほど、帰ってきたんだなあ、という安堵感が胸を占める。

国選勇者の断罪に、独立宣言。

家族や、アスタロトと一緒とはいえ、かなり大変なことをこなしてきたと思う。

そして、共感して、ついてきてくれた人が無事であるかを気にかけて。

私は、身も心も、すっかり疲れてしまっていた。

「カインにーしゃま。りりしゅは、ちゅかれまちた」

私を抱きしめてくれているカイン兄様に、疲れたことを告げる。

「そうだね、リリスは小さいのに、一緒に頑張ってくれたよね」

そう言って、カイン兄様は、私を労るように、解けた私の髪を指で梳きつつ、撫でてくれる。

「うん、おうちについたら、やしゅみたい、でしゅ」

子供っぽくてもいいや、と割り切って、私は、こてんと、カイン兄様の胸に頭を預けた。

多分、カイン兄様に甘えて体を預けて、少し寝てしまった気がする。

そうして、ニーズヘッグが、城の屋上に着陸して、ようやく我が家へ到着した。

アスタロトが、貴族達の避難が完了したことを報告するために来訪しているらしく、客間で待ってもらっているそうなので、家族全員で、そちらに向かうことになった。

私は、カイン兄様に抱っこされたままで、お任せである。

時々、アベル兄様がずるいとでも言いたげに、視線をチラチラとカイン兄様に向けているけれど、鎧を着たアベル兄様では、抱かれ心地が悪いので、そこは我慢してほしい。

「アスタロト殿！」

お父様が先頭を切って扉を開けると、ソファに座って待っていた様子のアスタロトが立ち上がって会釈をする。彼女の顔を見て、お父様が嬉しそうに彼女の名を呼ぶ。

「貴殿に同調した貴族の皆さんの帰郷も、完了しました。こちらはひとまず、一安心という感じですわ」

アスタロトが、協力してくれた貴族の家族の避難状況について報告をしてくれる。

「おお！　それは本当に恩に着ます。あなた方魔族のお力添えなしに、あれだけの迅速な避難はあり得なかった。本当にありがとうございます！」

そう言って、お父様がアスタロトに頭を下げた。

「国王になられる方が、そんなに簡単に頭を下げてはいけませんわ」

そう言って、アスタロトが、お父様の両肩に軽く触れて、下げた顔を上げさせる。

「はっはっは！　なかなかそうは言っても切り替えが難しいですな」

お父様が笑顔で後頭部を掻く。

そんな中、アベル兄様が提案する。

「父上、アスタロト様もいらっしゃいますし、感謝と慰労を兼ねて、我が家の自慢の『温泉』にご案内してはどうでしょう？」

「おんせん、ですか？」

アベル兄様の言葉に、『温泉』を知らないのか、アスタロトが首を傾げる。

「地下から湧く湯のことです！　我が家の温泉は、疲労や肌が美しくなるという効能のある湯をたっぷり使った贅沢な物なのです！　女性にはおすすめです。是非、お試しください！」

「じゃぁ、リリスも、アシュタロトといっしょに、はいりゅ〜！」

私は、アスタロトと一緒に女湯に入ろうと思って、手を挙げる。

当然よね？

なのに。

「「えっ」」

お父様、兄様達から、異論の声が上がる。

「リリスはまだ小さいんだから、父様と一緒でいいだろう？」

「そうだ！　小さい頃は一緒に入ったじゃないか！」

「そうだよ、僕達と一緒に入ろう」

——あの。私の心は十五歳なんですけど。


私は、無言で、ぷーっと頬を膨らます。

そんな親子のやりとりを、微笑ましげに眺めていたアスタロトが、その騒ぎに割って入る。

「リリス姫は、見た目は子供でも、既に一度十五歳を迎えた年頃の少女ですから。流石にお父様、お兄様方と一緒に入るのは、恥ずかしいのでは？　ね？」

そう言って、しゃがんで私に手を差し出してくれる。

「うん！」

私は、その助け舟に乗って、彼女の手をとると、軽々と抱き上げられる。

「場所を教えてくれるかしら？」

アスタロトが私に尋ねると、そばにいた侍女が、案内を申し出てくれた。

そして、私達は、がっくりと肩を落とす男性陣を後にして、女湯に二人で入ることになったのだ。


——助かったわ！

かぽーん。

湯をかけるための器が転がって、浴場内で音を響かせる。

うちのお風呂はとても広い。そして、お湯が地下から湧いてきた温泉だから冷めることもなく、指先までじんわりと温まるのだ。

広々とした浴槽にたっぷり入ったお湯から、湯気が浴室内に立ち込める。

普通、家に浴室を持っていても、人一人が入れるサイズの陶器に、沸かした湯を注ぐだけ。割と早くに湯も冷めてしまったりするけれど、うちの浴場はそんなことはない。自慢の逸品なのだ！

「はぅ〜。ちゅかれが、ぬけましゅ〜」

私は、浴槽内でふにゃりと力を抜く。

「本当ねえ。湯浴みとはだいぶ違うわ」

アスタロトも気に入ってくれたようで、お湯に浸かった後の滑らかになった肌に、感心したように何度も自分の肌を撫でている。

「ん〜。およいじゃおう、かしら！」

どうせ子供に戻ったんだもの、そんな悪戯もいいわよね！　と思って泳ごうとすると、アスタロトに易々と抱きしめられて、捕まってしまった。

「こら！　最近心まで子供っぽくなっちゃって！」

「むむ。やわらかい、でしゅ」

抱きしめられたアスタロトの胸は豊満ですべすべで、柔らかく、その感触が気に入ったので、しばらく捕まったままで、彼女を枕にして、お風呂を堪能したのだった。

「ほら、十数えるまではちゃんと温まりなさい」

そんな子供のように扱われながらも、抵抗する気も起きなかった。

そして、多分、ちょっと寝ていたと思う。


温泉を十分楽しんだ後、男女分かれて入っていた皆がまた居間に集まってきた。

「素晴らしいお湯でしたわ。ありがとうございます」

アスタロトが、お父様に礼を言う。

「我が家の自慢です。お気に召したら、いつでもいらしてください!」

ガハハ、と豪快に笑って応えるお父様。

そして、居間のソファにみんなで腰を下ろした。

すると、侍女が、湯上がりなので、冷やした紅茶を皆に提供してくれた。

「ぷは〜!」

体が熱(ほて)っているので、つい、ごくごく飲んでしまった。

「ひと息ついたところで、今後の話をしましょうか」

お父様の言葉に、アスタロトも含めて頷く一同。

そして、談笑も交えながら今後の対応方針について話し合った。そしてその結果については、アスタロトから魔王陛下に伝えてもらうことになった。

そうして、必要なことも話し終え、別れの時が来る。

「アスタロト殿の飛竜隊には、大変お世話になりました。事態が落ち着きましたら、必ず、ご領地へお礼とご挨拶に伺わせていただきます」

まずは、アスタロトに礼を言うお父様。

「いえいえ。あまり固くお考えになられることはありません。ですが、友好を結ぶためにも、是非一度魔王陛下と直にお会いしていただけると、嬉しく思いますわ」

アスタロトはやはり魅力的な微笑みで応えていた。

「ああ、それはぜひ！　陛下によろしくお伝えください！」

そうして、お父様とアスタロトは固く握手していた。

「じゃあ、またね。リリスちゃん」

立ち上がって、私の側にやってくると、私の頭を優しく撫でて、アスタロトは魔族領へと帰っていった。

「さて、今後の予定だが……」

　客人が去った後、家族で今後の国づくりについて相談を始める。

「そうだ。宰相殿がこちらに到着されたら、今度は我々の国で宰相職に就くことをお願いしてみては？　彼は有能ですし、国という大きな領土を治めた経験のない父上にとって、良い補佐役となってくださるでしょう」

　カイン兄様が提案する。

　確かに、宰相閣下は、カイン兄様の事前の調整どおり、貴族の説得にご協力してくださり、お父様の側に立つことを、迷う貴族の前で率先して明言してくださった。他の貴族達の背中を、彼が最後に一押ししてくださったと言っても、大袈裟ではないだろう。

　ノートンでの宰相としての実績と、人心をうまく掴むその能力と魅力(カリスマ)は、きっとお父様にとって大きな助けになる。

　ふむ、と、頷いてお父様がメモをする。

「次に、インフラ面ですが、ここが王都になるわけだから、王都に職を求めにやってくる移民が増えることが想定されるね。それに、貴族街も広げないといけないでしょう」

　カイン兄様が提言する。

「どれくらいの規模なんだ？」

お父様がカイン兄様に尋ねる。

「ノートン王国側は、領土がおよそ四分の一まで減っています。それに比例して人口が減る。とすると、王都の民、とりわけ商人などはこちらに移って来るでしょう。また、大半の貴族がこちらに与したわけですから、貴族街はノートンと同じ規模の区画を新たに作るくらいのつもりでいたほうが良いかと」

「すると、一部の壁を崩し、新たな壁を作ることによって、居住地を広げる必要がある……か」

ふむ、と、お父様がメモを書く手を止める。

「そうですね……、ざっと、一般区と貴族街合わせて、全体で八倍、いや十倍は広げる必要がありそうです。まあ、一貴族の領都から王都になるわけですから、この規模の拡大になっても妥当かと。余れば、木などを植えて憩いの場を作ってもいいわけですし」

カイン兄様が、平民と貴族の人口を加味しながら、おおよそを計算した。

「カイン、お前の精霊達でどれくらいかかる？」

お父様が顔を上げて、カイン兄様を見た。

「そうですね、ノームとゴーレムを喚んでも、一ヶ月ほどはかかるかと……」

ふむ、とお父様が呟く。

「それでも十分早い。仕方がないか……」

――うーん。私の英霊達(エインヘリャル)がお役に立てないかしら？

「サモン、だいけんじゃ、マーリン」

私は、思いついたことを相談すべく、マーリンを喚び出す。

「マスター、どうしましたか？」

私の隣に立ち、尋ねてくる。

「マーリンとか、えいれいって、おしろのかべ、つくれりゅ？」

すると、にっこり笑ってマーリンが自分の胸を叩く。

「私の土魔法でしたら、あっという間に出来ますよ？　今でしたら、マスターの魔力も上がりましたから、以前より効率よく建設出来るでしょう」

「あっという間……」

お父様、兄様達が唖然としている。

「失礼」

マーリンが、前のめってきて、お父様が書いたメモ書きを覗き込む。

「なるほど、今の十倍に都市を広げたい、と。外側に、外敵向けの堀があり、その傍に城壁を建てる感じでよろしいでしょうか？　マスターのお父様」

マーリンが尋ねると、驚きながらもお父様が頷く。お父様は、心なしか、驚きのせいで、目が大きく開いているようにも見える。

「でしたら、堀として削り出した土を使って、魔法で壁を形成し、強化魔法でその壁を強化しましょう。城壁は最大の守り。一刻も早く、拡げた外側を作ってしまいましょう！　マスター、明日からやりますよ！」

「へ！　あした？」

いきなり明日と言われて、私はびっくりして、まんまるになった目でマーリンを見上げる。

マーリンは、相変わらず、にっこりと笑っていた。

翌日。

私は、マーリンに抱っこされて、新たに城壁を作る場所の上空に浮いていた。

騎士団の人達にお願いして、危険がないように人払いは済んでいる。

「じゃあ、行きますよ。城壁作製（クリエイトウォール）！」

すると、土がどんどん削れていって、堀が出来ていく。そして、削れた土は、レンガのような長方形の形に形成されて、どんどん積み重なっていく。

やがて、それはまだ短いながら、壁の形状になっていた。ちゃんと、所々に、防衛戦になった時用の、小窓も開いている。

「しゅごいわ！　マーリン！」

私は、マーリンに抱き抱えられながら、絶賛してパチパチと拍手する。

「ふふ。まだこれからです。続けますよ！」

そうして、なんだかんだと新しい城壁を一日で作ってしまったのだ。

門のところは、色々細工がいるから、後日大工さん達にお願いして、跳ね橋タイプと落とし格子を組み合わせた立派な城門を作ってもらったわ！


さらに翌日。

私は、マーリンに、いわゆるおんぶ紐で括られて背負われていた。

――ちょっと待って。この扱いは何（怒）

「にゃんで、こんなしゅがた、なの～！」

私は、背中に固定された状態で手足をジタバタさせる。

「だから言ったでしょう？　これから、カイン様の計画に沿ってこの国全体を要塞化するために、国境線上に壁を作りに行くんですよ。時間がかかるから、マスターが疲れるだろうと、不安定な抱っこではなく、きちんと固定してもらったのです」

おんぶ紐で幼女を背負った、大賢者マーリンが、真顔で答えた。

――古の大賢者の威厳も何もないと思うんだけど……。

「わたちは、おるしゅばんで、いいじゃない」

こんな辱めを受けるのなら、お留守番をしていたいとごねてみた。

しかし。

「嫌です」

マーリンがキッパリと言い切った。

「ふえ？　にゃに？」

「嫌だと言ったのです！　マスターに、己が力、お見せしてこそ意味があるというもの！　マスターがお留守番をしている中、一人で作業するなど、嫌です！」


――言い切った。言い切ったよ、この大賢者。


いやまあ、これからマーリンは偉大な仕事を成し遂げようとしている。主人に見てもらってこそ、という気持ちはよくわかる。

「だけどぉ……」

「嫌です」

マーリンは、一歩も譲ってはくれなかった。

「羨まし……、ん、ゴホン。マーリン殿にだけ作業をしていただいて、リリスはお家でお留守番なんて薄情じゃないか、一緒に行っておいで」

お父様にまで、後押しされてしまった。

あれ？　お父様、何か言いかけませんでしたか？　おんぶなんてさせませんからね！（プンスカ！）

まあ、ちょっと、駄々をこねてどうしようもない大賢者様、みたいな表現をしたけれど。

国境線に沿って全て壁を築く、そんな大事業を成し遂げた国家などないのだ。それを、マーリンが、一週間ほどあれば、作ってみせると申し出てくれた。だったら、それをきちんと見守るのも、マスターとしての誠意だろう。

ちなみに、私達とは反対側からは、カイン兄様が精霊を使って、同じく壁を作っていく。そして、合流する計画だ。

ただし、交通の要所などに設ける関所や要塞作りは、人やドワーフ達の手に委ねる。

移民してきたばかりの人々に、仕事とそれに対する報酬を与えることも、人々が新たな土地で生きていくにあたっては大切なことだからだ。

ちなみにドワーフとは、鍛冶や戦士を主な生業とする、亜人である。人間よりも背が低くて筋肉質な体つきが特徴だ。亜人のうち、特に鍛冶師といえば有名な者はドワーフというくらいに、技量が優れている。

そのため、人間以外は奴隷としての存在しか認めていなかった排他主義なノートンでも、市民権を与えられていた数少ない人種である。もちろん亜人なので魔族領に住む者もいる。

だが、ノートン住まいだったドワーフ達は、かの国の思想には不満があったようで、その腕を以って有名な者達も大勢移住してきていた。

話はそれたが、そういった交通の拠点となる箇所を除いて、私達は壁を築いていく。

大仕事だ。

普通じゃ出来ない。

「しょだね。マーリンのカッコイイとこ、ちゃんとみなきゃ、だね」

コツンと、マーリンの背中をおでこで突いて、マーリンの望みを承諾する。

すると、「ありがとうございます」と、それは嬉しそうな声がして、マーリンがふわりと城から飛び上がった。

「ねえ、こうじ、なんて、マーリンはイヤじゃ、ないの?」

壁を作るスタート地点に移動する間、私は、マーリンに尋ねてみた。

一大事業、誰にもなし得ない事業、そうは言っても、かつての大賢者様に、土木作業をお願いしているのだ。

「うーん、そうですねぇ」

マーリンが、しばし、思案でもしているのか、言葉を途切らせる。

「私は、マスターに現世に喚ばれて、貴女と共にある時間がとても愛おしいのです」

「マーリン……」

「勿論、死して英霊（エインヘリヤル）として迎えられ、同士達や戦乙女達との饗宴は楽しい。ですが、貴女と共にいる時間は、とても新鮮で、そして、幸せなのです。そして、貴女と共に現世で事を成すのは、私にはとても温かく大切な時間なんですよ」

そう言って、マーリンがなんとなく笑っているような感じがした。

「マーリン、しょんなふうに、おもってくりぇてた、なんて……」

マーリンの思いもよらなかった優しい言葉に、私は目元が潤んで、頬を涙が伝う。

「マスター泣いてはいけません。この姿勢じゃあ、涙も拭って差し上げられないんですから」

あ、そうか！

そう思って、私は、マーリンの背中で涙を拭い、鼻をかんだ。

「マスター……」

マーリンは、まあいいですけどね、と、半ば仕方ないといった様子だ。

「なんだか、姿に心も引きずられてきているような気がしますが、そんな面が見られるのも幸せですよ」


そして、工事の開始場所に到着する。

「さあ、始めますよ！　城壁作製（クリエイトウォール）！」

すると、昨日の都市周りの壁を作った時と同じく、土がどんどん削れていって、堀が出来ていく。

そして、削れた土は、レンガのような長方形の形に形成されて、どんどん積み重なっていく。所々に、防衛戦になった時用の、小窓も開いている。

戦の時は、ここから、魔法を撃ったり、クロスボウなどを撃ち込んだりするのだ。

召喚魔法で喚（よ）ばれているマーリンの魔力量の限界は、私の魔力量の限界と同じ。私とマーリンは繋がっていて、私の魔力を以って、魔法を行使しているのだ。

だから、毎日、私が魔力を使い切る前に作業はおしまい。

そんな日々を繰り返して、やはり、最初のマーリンの見立てどおり、一週間ほどでフォルトナー王国は、国全体を要塞化することに成功したのだった。遅れて出発した者を含めてまだ移動中の者達もいるものの、そこは街道沿いにある関所を経由するようにと、アベル兄様が、日々ニーズヘッグに乗って誘導してくれている。


「おお！　魔王陛下からの書簡が届いたぞ！」

ある日の夜、宰相閣下とお父様が、一通の封蝋の押された手紙を手に、私達兄妹に報告にやってきた。

「和平条項と、両国間の交易についての締結書だ！　これで、両国で平和にやっていけるし、なんなら、お力も借りられるようだ」

そして、お父様が私の頭を撫でる。

「それに、お前が魔族であろうと、遠慮なく実家に帰ってこられる」

そう言われてお父様を見上げると、目を細め、それは嬉しそうに微笑んでいた。

「ありがとう、ございましゅ」

そう言って、私は、お父様の足に抱きつく。

——そうか。そのこともあって、お父様は喜んでくださっているのね。

私は、私のことを思ってくださる、お父様の親としての想いに、心が温かくなった。

「ですが、流石に今まで交流がありませんでしたから、道がありませんね」

皆がテーブルを中心にして集まってくる。

そして、宰相閣下が、テーブルの上に、広域の地図を広げた。

大陸の北東の端に、ノートン王国領があり、それは今ではすっかり小さな領土となってしまっている。

そして、東部を中心として大規模に領土を持つ、フォルトナー新王国。私達の領だ。

その私達の領のみと接するように、北西から北にかけて魔族領が広がっているという状況だ。

魔族だって、私や魔族の位の高い者、飛竜兵を除けば、みんな軽々と空を飛んで移動出来るわけじゃない。

一部の裕福な商人は、荷運びウシという特殊な牛を飼い慣らしていて、それに荷車を引かせて荷を運ぶ。荷運びウシは馬よりも大きく、走る速さも、運べる重量も優れている家畜だ。

それ以外の魔物は、テイマーという魔物や魔獣を使役する人達に飼い慣らされたものを除けば、基本的に野良なのだ。

だから、その他の一般の魔族が移動する場合は、馬か徒歩でということになる。

人間と同じと考えていい。交易をするためには、道がないと困るのだ。

「道を作らねばなりませんね。それと、両国の間には、魔物の棲みつく森などもありますから、行き来する者達のためにも、それらの魔物の駆除も必要かと……」

なかなか、道を作ると言っても、一から作るのは大変なようだ。

宰相閣下が、地図を幾とおりかなぞって、どう道を作るべきか思案される。

「うーむ、やはり、なるべく無闇な伐採を避けるとしても、『魔物の森』の排除と、飛竜の巣窟になっている、『飛竜の谷』の魔物駆除は必要かと……」

そう言って、お父様、兄様達、私を見回す。

「森の伐採なんかは、僕のゴーレムやノーム達に頼めると思うんだけれど、それをやりながら魔物の襲撃があると、流石にきついかなあ……」

カイン兄様が唸る。そして、私を見下ろした。

「ねえリリス。マーリン様を喚べるかい？」

「あい」

私は、兄様の問いに頷いた。

「サモン、だいけんじゃ、マーリン」

すると、その会議の場に、マーリンが光とともに姿を現す。

「マスター。お喚びで？」

そう言いながら、マーリンは私に喚ばれたことが嬉しいかのように、笑顔だ。

「うん！」

笑顔で答えると、マーリンが、挨拶とでもいうように私を抱っこした。

――これ、固定位置なのかしら？


そんな再会の挨拶が終わると、カイン兄様がマーリンに話しかける。

「マーリン殿、急にお喚びだてして申し訳ありません。実は、魔王領との正式な国交が決まりまして……」

「カイン殿、皆様。お久しぶりです。……魔王領との国交ですか。それは、魔族であられるマスターには嬉しい出来事ですね」

そうして、マーリンが私ににこりと笑いかける。

「はい、交易に関しても可能になるそうで、良いことなのですが、いかんせん、今まで交流がなかったため、道がないのです」

そこに、問題事項について、宰相閣下がマーリンに説明する。

「なるほど。ふむ、地図に描かれた、この線が、道を作りたいというところですかな？」

ふむふむ、と言って、マーリンがその地図を覗き込む。

「私も、ノームやゴーレムなど、作業が出来そうな者達を喚ぶつもりなのですが、魔物の襲撃もありうる地区ですので、英霊(エインヘリヤル)の皆様にもご助力を願いたく……」

再び、マーリンが頷く。

「魔物の森でしたら、隕石召喚(メテオ)で一撃でも良さそうですけれど、その後、道に直すほうが大変そうですねえ。ああいや、潰した跡地を迂回させて道を作ればいいだけですね」

隕石召喚（メテオ）と聞いて、私とマーリン以外の皆が呆気にとられる。

——いや、怖いこと言わないでくれる、マーリン。

みんなも、口を開けてポカーンとしちゃっているじゃない！

その視線に気がついて、マーリンは首を捻る。

「そんなに、唖然とした顔をなさらなくとも。戦略的にも意味はあるんですよ？」

あまりにも呆れられた様子に、意外だとでもいうように、マーリンが反論する。

「少しずつ伐採して、見つけた魔獣を少しずつ狩る。一見、普通の方法に思えます。ですが、これには落とし穴がある」

そして、マーリンが地図の二箇所を指さす。

魔物の森と、その付近にある、小さな村の名前だ。

「伐採の途中で、魔物が群れをなして、人の住む場所がある方向に逃げ出したらどうします？」

「た、確かに……」

お父様が、額に冷や汗を流す。

「すみません。私も、国民を危険に晒すところでした……」

カイン兄様も、項垂れて呟く。

そんなカイン兄様を私は慰めるように、その背を撫でる。

「ありがとう、リリス」

カイン兄様が、顔を上げて、私に小さく笑いかけてくれた。

「マスター。フェルマー殿を喚べますか？」

「うん。サモン、だいせいじょ、フェルマー」

すると、光を帯びたフェルマーが現れる。

「お久しぶりです。マスター」

その顔はとても嬉しそうだ。

「あんまり喚んでくださらないと、拗ねてしまいますからね」

ふふっと笑って、冗談まで言われてしまった。

「ところで、マスター。なんの御用でしょうか？　この場は……、何かの会議のようですね？」

彼女は、おっとりと首を傾げた。

「私が喚んでもらったんだよ、フェルマー」

マーリンが、フェルマーに声をかけると、彼女は、彼のほうに体を向ける。

「マスター方が、魔族領とこの新しい王都の間に、国交用の道を作りたいとおっしゃっている。そうすると、この魔物の森は、行き交う人々の脅威になる。そこで、私の魔法、隕石召喚（メテオ）で一気に潰したいのです」

「確かに……、どれだけ、何がいるかわからない森であれば、一気に殲滅したほうが良いでしょうね」

意外と力を持つ人からすると、一気に殲滅というのは、安全策という考え方もあるのね。

「そこで貴女に、周囲に副産物の岩石などが飛び散らないように障壁を作っていただきたいのですが……、それほどの強度の障壁を作ることは可能でしょうか？」

と、その言葉で、フェルマーが、その秀麗な眉を片方上げる。

「……そのおっしゃり方、まさか、私にそれが出来ないとでも？」

うふふ、と笑ってマーリンに逆に問い返す。


――怖いよ！　フェルマー！


「いえいえ。出来ると見込んだからこそ、お喚びだてしたのです」

力のある者同士の力の探り合いは、ちょっぴり怖かった。

「では、魔の森は隕石召喚(メテオ)で殲滅、飛竜の谷は巣食うワイバーンを各個殲滅で良いですかね」

マーリンが、街道にする予定箇所の、難所の対処方法をまとめると、その場にいる皆が、異議なしと頷いた。

すると、「では……」と言って、マーリンが懐をゴソゴソする。

「ではマスター。おんぶしましょうね！」

ニコニコと極上の笑顔で、例のアレを出してきたのだ！

「また、おんぶ……」

また、あの羞恥プレイをくらうのか、と、なんだか、がくりと項垂れてしまった。

だが、私以外の者にとって、それは、問題点が違ったらしい。

「ちょっと、マーリン！　マスターをおんぶとは、なんたることを！」

おおおお！　フェルマーが私の援護をしてくれた！

……そう思ったのだが。

「あなただけ、ずるいです！」


——は？　論点、そこ？


「なんだか用意周到に持っているということは、もしやすでに、おんぶしたことがあるんじゃなくて⁉」

フェルマーが、なんだか察して、激昂している。

「ま、まあ、何度かご一緒しただけですよ……？」

タジタジになりながら、マーリンが答える。

すると。

「……ずるいですわ！　私だって、愛らしいマスターとピッタリ寄り添っておんぶしたいです！」


——愛が重いよ、英霊達（エインヘリヤル）……。

そして、私の人権というか十五歳としての尊厳は一体どこに。

しばらく自分が！　私だ！　と争っていたものの、兄様の一言で戦争は終結した。

「……交代でってところで、どうでしょう？」

マーリンとフェルマーは、しばらく睨み合った末に、うん、とそろって頷いた。


——私の意見ってどこにあるのかな。


そしてその翌日。

侍女の手助けを借りて、私はフェルマーの背中にくくりつけられるのだった。

そして、用意が出来たら、まずは、魔物の森の対処に四人で向かう。

メンバーは、私、マーリン、フェルマー、カイン兄様である。

カイン兄様は、大きな鷹のような姿の精霊さんの背に乗せてもらって飛んでいた。

「フェルマーも、とべるのね」

その道すがら、フェルマーに尋ねてみると、意外な答えが返ってきた。

「英霊(エインヘリャル)は皆飛べますよ？」

「えっ！」

私は、びっくりして声をあげる。

「神界に呼ばれた際に、『神々の最終戦争』で必要になる能力が与えられます。その中に、飛行能力が含まれるのですよ」

フェルマーが、私にわかりやすく教えてくれる。

「私の飛行能力は、自前の魔法ですけれどね！」

なぜか、その横で、自慢なんだかよくわからないが、マーリンが胸を張っていたけれど……。


そんな話をしていると、やがて目的地である魔物の森の上空に到着した。

「捜索(サーチ)」

マーリンが、森の中の状態を魔法の目を使って確認する。

「まちがって、ひとがいたら、たいへん」

私がそう言うと、私をおぶっているフェルマーが、「そうですね」と合いの手を打ってくれた。

「うん、一般的な魔物と獣の集団の他には、何もいないようです」

マーリンが、そう結果を報告する。

すると、次は兄様の番だ。

「獣達は、精霊を使って他の森に移住してもらいましょう」

カイン兄様はこのために来た。魔獣と違い、鳥や獣は自然に生きるもの。彼らは生かしてあげたいと、兄様自身が望み、同行したのだ。

「召喚(サモン)、シルフィード達」

すると、緑色の麗しい乙女達が沢山カイン兄様の周りに現れた。

「何か御用ですか？　マスター」

集団のリーダーらしい緑色の少女が、カイン兄様に用向きを尋ねた。

「ここに道を作る必要があってね、魔物の巣食う危険なこの森を潰す計画なんだ。だけど、魔に染まった魔獣はともかくとしても、普通の鳥や獣達、自然に生きるもの達に、無事に別の森に引っ越しをしてほしいんだよ。君達に誘導をお願い出来ないかな？」

そうして、緑色の少女達に戯れられながら、カイン兄様が彼女達にお願いをする。

「人が、自然を破壊するのは好みませんが……。ですが、カイン様のお考えであれば、それは、最低限の必要な場所のみに絞られたと思って良いのかしら？」

シルフィードのリーダーらしい少女が、少し渋い顔をする。彼ら精霊からすれば、自然を破壊する行為は好ましくないと思うのは、至極当然だろう。

彼らは自然の代弁者であり、守護者なのだから。

「はい。そして、生き物の被害も最小限にとどめたいので、貴女方を喚んだのです」

シルフィード達は集まって何やら話し込む。そして、しばらくして結論が出たのか、代表の少女がカイン兄様に話しかける。

「生き物への配慮をもって、今回はご協力いたしましょう」

「ありがとう、乙女達」

カイン兄様が、彼女達に、感謝の気持ちを伝えるため、一人一人目を合わせる。

「じゃあ、行きますわよ！」

シルフィードのリーダーの少女を先頭に、森の中へ入っていき、意思疎通の出来る鳥や獣達に話をしてくれる。引越し先は、街道の予定場所から外れた位置にある別の森。

鳥や獣達が、精霊達に先導されて、行列を作って引っ越していった。


鳥や獣達の退避は終わった。

次は、隕石召喚（メテオ）で、森を破壊する番だ。

「フェルマー、まず、円筒状にバリアを、そして、隕石を落としたら、上空から異物を出さないように、ドーム状に形を変えていただけますか」

マーリンが、手順の認識合わせのための説明を、フェルマーに対してする。

「ええ、いいわ。それなら、外に被害が出ないわね」

「物理障壁（フィジカルバリア）！」

フェルマーが命じると、魔物の森全体を取り囲むように、円筒状の光の壁が出来る。

「じゃあ、行きますよ！　隕石召喚（メテオ）！」

今度は、マーリンが片手を天に掲げる。

すると、その上の上、ずっと上に、きらりと小さな物が光った。

それは、ぐんぐんと空から燃えながら下降してきて、まるで火の玉が一つ降ってくるかのようだ。

そして、私達の目の前に到達し、ズ、ズーン！　と音と地響きを立てて、魔物の森を焼きながら押しつぶしていく。

いや、焼く、と言うよりは、溶かしつぶす熱量だ。

「フェルマー！」

「わかっているわ！」

するとすかさずフェルマーが魔力を操作して、円筒状にしていた障壁をドーム状に変えていき、やがて、すっぽり隕石の落ちた森に蓋をした。

ちなみに、障壁は空気をちゃんと通すから、魔物の森は燃えていく……、というか、なんかグツグツと溶岩状に溶けているんだけれど。

やがてしばらくしてから、そこに、マーリンが大量の雨を降らせる。

結果としてそこは、熱く煮えたぎっていた岩石も冷え、チリも岩もその窪みに流れ込み、大きな湖となったのだった。

「ふう、できたわね」

ただ見ていただけの私が、「ちゅかれたー」と言ってため息をつく。こてっと、フェルマーの肩に顎を載せた。

——いや、英霊達(エインヘリヤル)に魔力を提供するから、実際に疲れるのよ？

「はい、お疲れ様でした」

魔力で繋がっていて、そのことはわかってくれているのだろうか、フェルマーが、肩越しに手を回してきて、私の頭を撫でてくれる。

「じゃあ、もう一箇所の難所、飛竜の谷は明日にしましょうか」

今度はカイン兄様が側に来て、労るように私の頭を撫でてくれた。

その感触が気持ちよくて、ついつい、目を瞑ってしまったら……。

「くー、すー」

「おや、寝てしまいましたね」

眠気に吸い込まれそうになる中、どこか遠くで声が聞こえる。カイン兄様かなあ……。

「じゃあ、今日は帰りましょうか」

「そうしましょう」

そうして、今日の作業は、魔物の森の処理だけで終了となったのだった。


次の日の朝。

食卓には、お父様をはじめとして、家族全員が揃っている。

そんな中、朝の身支度を終え、朝食を食べていると、なんとなく、飛竜を私達の都合で殺してしまうのって、可哀想なんじゃないかということに、気が付いた。

「ねえ、カインにーさま」

一緒に出かける予定のカイン兄様に、私は声をかけた。

「ん？　どうしたんだい？」

カイン兄様が、食事の手を止めて、私に顔を向ける。

「ひりゅーって、ころさなきゃ、だめ？」

急に持ち上がった私からの疑問に、兄様が首を捻った。

「急にどうしたんだい？」

「ひりゅーって、まぞくは、のりものにしてる、でしょ？　かえない、かしら？」

殺すのではなく、魔族のように従魔化して、戦力に出来ないかと提案してみたのだ。


――だって、殺しちゃうよりは良くない？


「え？　ノートンを含めて、この大陸にそんな人間の国はないよ？」

カイン兄様が、私の思いつきに驚いて目を大きく開いて私を見る。

「飛竜兵……。考えたこともなかった！　ですが父上、それは、魔族領を除けば、我が国だけがこの大陸で空軍を持つということです！　国の軍事力が上がり、有事の際の戦略の幅も広がります！」

騎士団を取りまとめているアベル兄様が、やや興奮気味に、お父様に進言した。アベルお兄様には、飛行兵が編成出来るということに、憧れもあるのだろうか。瞳がキラキラと少年のように輝いている。

「ふむ。リリス、優しい気持ちと他領での見聞から、良い案を引き出したな」

お父様は、目を細めて私を褒めてくださる。

なんだか、ストレートに褒められると、心がこそばゆい。嬉しくなっちゃった。

「そうすると、まずは、飛竜の世話をする、テイマーの能力を持った者を募る必要がありますね……」

カイン兄様が、段取りを見直し出す。

結局、今日飛竜を殲滅しに行くという予定はなくなって、アベル兄様が先頭となって、テイムの能力を持つ者の雇用に向けて動き出すことになったのだった。

私達の国に移住してきて、冒険者でもしようかと思っていたテイマー職の人達は結構いたらしく、それが、一介の冒険者ではなく、国に雇用され、給与も安定した身分という破格の条件に飛びつく者は多く、人集めは順調に進んだらしい。


自薦、他薦問わずに王宮テイマーを募集したところ、飛竜管理者の候補として、有能なテイマー三人を揃えることが出来た。

今日は、その三人と、私、マーリンの五人で出かけることになった。

「私がその山まで飛んでお連れしましょうか！」

子竜姿のニーズヘッグが、いいとこ見せたい！とばかりに申し出たけれど、それは丁重にお断りすることにしする。

「ひりゅう、びっくりして、にげちゃいましゅ」

飛竜が逃げちゃうでしょう、そう諭すと、ニーズヘッグは、下を向いてシュンとしてしまった。

——ちょっと、かわいそうだったかしら。

「ニーちゃん。ニーちゃんは、アベルにいさまと、がんばってくれたれしょ。だから、やしゅむの」

そう。ニーズヘッグは、アベル兄様を背に乗せて、前王国からの退避者の見守りのために、飛び回ってくれた。

だから、休んでほしいと伝えて、頭を撫でてあげると、顔をあげて笑顔になってくれた。

「はい！」

撫でてもらった頭に手を添えて、なんだか満足げで、可愛い。

「じゃあ、どうやって行きましょうか？」

「……馬？」

ということで、テイマーさん達は馬、馬のやや上空を飛んで行くマーリンに、私はおんぶされることになった。

——またおんぶですか！

なんだか、もう慣れてきた気もするわ。

領民の皆さんに、「姫様〜！」なんて手を振られるけれど、おんぶされながら、笑顔で手を振るのにもだいぶ慣れてきてしまっている。

いいんだろうか。一応私は一国の姫であり、魔族の四天王なのに。

普通、そういう身分なら、お姫様抱っこのほうが普通じゃない!?

また、畑仕事中の領民から声がかかった。

「姫様~!」

「おちごと、がんばってくらしゃい~!」

笑顔笑顔。


そうこうしながら、やがて無事に全員で飛竜の谷に辿り着いた。

街道予定地の脇に、切り立った高い山があり、その合間にU字型の谷がある。

そこが、飛竜達の住処になっているのだ。

彼らは、その谷の上のほうを悠然と飛んでいる。

「奴らを、どう誘き寄せるのでしょう?」

テイマーの一人が首を捻る。テイムするにしても、彼らは遥か高く宙を舞っているのだ。

「私が落としてきます」

真顔で、ごくごく真顔でマーリンが宣言する。

くるりと向きを変え、マーリンが谷を舞う飛竜達に向けて、腕を伸ばす。

「雷招来(ライトニングボルト)!」

すると、その谷間に雷がバリバリと降り注ぎ、飛竜は一匹、また一匹と空から落ちてくる。

「え、えっと、賢者様。奴ら死んでは……」

テイマー達三人が、テイムするはずの飛竜がどんどん雷に撃たれて墜落していくのに慌て出す。

「ははは！　それくらいの手加減はわかっているさ！」

そうして、なんだか的当てゲームのように、最後の一匹に当たるまで、その落雷は続く。

「なんか、かわいしょう……」

「ええ……、私も、テイマーとして魔獣を愛する身としては、ちょっと……」

マーリンの的当てゲームが終わるまで、私とテイマーさん達は、誤って殺しやしないかとヒヤヒヤ見守るのだった。


そうして、最後の一匹が地に落ちると、マーリンがテイマー達のほうを向く。

「さて、気絶している間に、みんな縄で縛って捕獲して。そして、三人でテイムするように、三等分するんだ」

テキパキとテイマー達にマーリンが指示をする。

テイマー達は地面に転がっている飛竜達の元へ行って、縄で縛っては、谷の外に連れ出してくる。

そして、拘束した彼らが目を覚ますのを待った。


パチリ。

一匹が目を覚ます。

すると、選りすぐりのテイマーと、あの雷撃を落としたマーリンに、にこやかに見下ろされているのだ。

きっと、飛竜に選択の余地などないだろう。

皆んな目を覚ますと、順々に、素直にテイムされていくのだった。

――殺すのは可哀想だから、という理由だったけど、これはこれで可哀想だったかしら。

少し疑問に思いつつ、テイムされた飛竜達を引き連れながら、新王都に帰っていったのだった。

第十一章　幼女、『災厄』と対峙する

フォルトナー王国の新王都と、国土の周りに壁を築き上げた。

まだ、大外周壁の砦は建設中だけれど、前の王国が簡単に攻め込んでも来られないくらいには、ひとまずの防御体制は取れたのだろう。

道も、難所となりそうな箇所については、対処が済んだ。後は、国から賃金を支給し、仕事にあぶれている者達のための公共事業とすれば良い。

ノートン王国の前宰相閣下も、フォルトナー王国の宰相を担うことに同意してくださって、お父様と、重臣の任命や税率をはじめ、王国としてまとめるべき事柄の会議に忙しくしていた。

アベル兄様は、軍務卿や騎士団長が決まるまで、王太子兼フォルトナー王国軍のまとめ役として、既存のメンバーに新しく希望者が加わった新しい騎士団の取りまとめに駆け回っている。

そして、テイムされた飛竜達の飼い慣らしと、飛竜隊の結成に向けて、精力的に働いている。

カイン兄様も、同じく、魔導師団の新規入団希望者の、適性判別やその人となりの調査、諸々で忙しくしていた。

「わたしは、ひまね」

自室でそんなことを呟いた私の口の中に、甘い菓子が押しつけられた。

「はい、あーん」

マーリンが、私の口に、甘い小粒のチョコレートを押し付けたのだ。

それを、はむっと頬張る。

口腔内の熱でとろけるそれは甘く、至福の甘みだ。

顔が緩んでしまう。

「そうじゃなくて！」

私は、幼児の手で、たん！　とテーブルを叩く。

「おや。これは違いましたか、では……」

今度は、一口大のフィナンシェを口に運ばれる。

「あーん」

はむ。もぐもぐ。


――そうじゃない！


「ちがうでしゅ！」

もう一度、テーブルをたん！　とする。

「お暇なときは、その時間を享受すべきだと思いますよ？」

マーリンが、私を宥めるように諭す。

「でも、やるべきことが、おわったら、わたちは、かえるでしょ？」

そう、私は、あくまで魔王陛下の温情で実家に滞在を許されている。こちらが落ち着けば、本当は魔族領に帰るべきなのだ。

向こうでの肩書きが私にはあるのだから。

「そうですね。陛下も、待っていらっしゃるかもしれません。一度、魔族領にお戻りになったらよろしいのでは？」

マーリンがそう提案する。

「そうね。……あ！」

私には、まだこの国に懸念があったのだ。それを思い出して、声を上げた。

「さいやく、は？」

そう、『災厄』。この地を定期的に襲う、大量の魔物による襲撃時期のことだ。

このフォルトナー辺境領は、かつて戦役で功績を挙げたという若者に領地として与えられた。その方が初代フォルトナー領主となり、それからずっと、『災厄』から、国を守ってきたのだ。

ある意味、あれのために、フォルトナー家はこの地に縛り付けられてきたと言ってもいい。

「あれは、確か月が日を喰らう日食の時期に、毎回起こりますね。確か、マスターの家には専属の天文術師がいて、それで時期を把握されているんですよね」

マーリンが、まるで『災厄』について、おさらいをするかのように説明してくれる。

「国の端にある深い谷底の大きな亀裂から、魔物がとにかく大量に湧いて出る」

普段からその辺りには魔物が徘徊しているので、警備はしているのだけれど、日食の日になると、亀裂から禍々しい黒い影が溢れ出てきて、それに呼応するように、魔物達が大発生するのだ。

それに対応するのに、毎回どれだけの労力を賭してきたことか。


——幼女化したと言っても、そこまで忘れていないわよ？

「つき、たいよう……」

確か、まだ、その時期には達していない。

「そういえば、人では知り得ない、その事象も、もしかしたら、長命種である魔族であれば、情報があるかもしれませんね」

確かにそうだ。

私がまだ、勇者一行のメンバーに選抜されていなかった頃、実家の書物では埒があかなかったので、ノートン王国の王都の図書館に赴いて、何か情報がないかを調べまくった時期があったのだ。

だが、その情報は、封じられた場所にあるのか、すでに逸したのか。

教会の圧力もあるのかもしれない。結局人の世界では見つからなかったのだ。

「しょうね。へーかに、きょか、もらってみましゅ」

古い種族である魔族、そして、教会という圧力のない場所にならば、なぜ『災厄』が起こるのかの理由がわかるかもしれない。

私は、魔族領に望みをかけることにした。

だから、名残を惜しむお父様や兄様達を後に残し、私はニーズヘッグに乗って、魔族領に帰ることにした。


マーリンと一緒にニーズヘッグに乗って、バッサバッサと飛ぶこと数時間。

ぐんぐんと下の景色は、人間の住まいの様相から、魔族の村落の様相に変わってくる。

そして、その間を繋ごうと、人々が道づくりをしているのも見える。

「ねえ、マーリン」

私は、その様子になんだか感極まって、彼に声をかける。

「どうしました？　マスター」

マーリンが穏やかな声で応えてくれる。

「みちが、できていくわ」

私が地上に向けて指をさすと、「ああ、確かに」とマーリンも呟く。

「マスターとマスターの兄君と一緒に、危ない場所は整えましたからね。作業する者も、今後その道を通って行き来する人達も、安心して通ることが出来る街道になることでしょう」

そう言って、風に靡く私の髪の毛を整えるように、大きな手のひらで私の頭を撫でてくれる。

「マーリンとフェルマーもよ」

私がそう言うと、マーリンは、嬉しそうに唇で笑みの形を描いた。

それはそうと、ニーズヘッグのおかげで、実家と魔族領（職場）の行き来が、楽々に出来てしまうんだから、ありがたいことである。

「ニーちゃん、だいかちゅやく、ね！」

乗り物として大活躍のニーズヘッグを労うように鱗をペチペチと撫でると、ニーズヘッグの照れ笑いが聞こえる。

「えへへ、そうですか？　リリス様のお役に立てて嬉しいです！」

——あれ？　ニーズヘッグって古竜だよね？　その割に、なんだか子供っぽい。

子竜の姿ばかり取らせているから、私みたいに、容姿に精神が引きずられてきているのかしら？

まあ、可愛いからいっか。

そうして、しばらく空の旅を楽しむと、前方にあるニーズヘッグの頭のさらにその先に、魔王城が見えてきた。

「ひさしぶりでしゅ！」

その懐かしい城の全容を見ると、家族との別れの寂しさは吹っ飛んで、今度は懐かしい魔族領の人々の顔が浮かぶ。

アスタロトやアリアは元気かな。

ベルゼブブはどこか見えないところで暗躍しているのだろうか。

陛下は相変わらず、書類に埋もれているのかしら。

——孔雀（アドラメレク）はどうでもいいわね。

と、約一名はどうでもいいや、と思考からポイっとしつつ、その城を目掛けて飛んで行くのだった。

ニーズヘッグが、バサリ、バサリと羽ばたきをして、速度を落としてゆっくりと城の屋上に着地する。

そして、マーリンが私を抱き上げて、一緒に屋上に降りてくれた。

「リリス様！　お帰りなさいませ！」

警備兵が挨拶をしてくれる。

「ただいまでしゅ」

そんな実直に仕事をこなす兵士に、ねぎらいの気持ちを込めて、笑顔で返事をする。

「まずは、へーかに、ごあいさつ？」

片腕で抱っこをしている状態のマーリンに、尋ねてみる。

「そうですね。陛下は、マスターのお仕えしている方ですから、それが礼儀というものでしょう」

頷いて、そう答えるマーリン。

そうね。

陛下の温情に甘えさせていただいて、だいぶ長く城を空けさせてもらってしまった。

そのお礼もしないとね。

マーリンに抱っこされながら階下にある陛下の執務室に向かう。

人にすれ違うたびに、「お帰りなさい」と言ってもらえるのが、嬉しくて、心がじんわりと温かくなる。

「マーリン」

私は、マーリンと、この気持ちを共有したくて、名を呼んだ。

「どうしました？　マスター」

廊下を歩く足を止めて、マーリンが私に尋ねてくる。

「あのね？　ここも、わたちの、おうち、なのね！」

私はそう言うと、満開の笑顔で笑う。

そんな私に目を細めるマーリン。

「そうですね。ここはマスターの、大切な第二の家ですね」

そうして、私の頬を撫でてくれた。

そんな会話をしながら歩いていると、見慣れた陛下の執務室の扉にたどり着いた。

マーリンにノックしてもらって、私が声をかける。

「リリスでしゅ」

「入れ」

陛下に、許可を受けて、室内に入る。

やっぱり陛下は書類に埋もれていた。

「くじゃくは、いったい、なにをしてりゅの」

その有り様を見て、確か宰相のはずであったアドラメレクへの苦言が漏れ出てしまう。

「あれはあれで、仕事を任せている。責めないでやれ。でだ」

陛下が、書類を決裁する手を止めて顔を上げた。

「お帰り、リリス。待っていたぞ」

その言葉に、嬉しくなって、つい、ぱあぁぁっと顔が緩んでしまう。

そして、その様子を汲んで、マーリンが、私を床に下ろす。

私は、陛下の元に駆けて行った。

「……ただいま、もどりまちた！」

ぎゅっと抱きついて、挨拶するのだった。

私が、ぎゅっと陛下に抱きついていると、頭の上から陛下の声がした。

「気持ちの上で待っていたのもあるんだが、仕事の上でも頼みたいことがあってな」


――お仕事？


「なにか、たおしてくればいいでしゅか？」

物騒なことを、あえてこてんと首を傾げて聞いてみた。

「違うわ！　しかも、あざとい仕草でそういう聞き方をするんじゃない！」

ピシッと、陛下に、制裁のデコピンをくらってしまった。

「いたいじゃ、ないでしゅか！」

弾かれたおでこを両手で押さえながら、ぷうと頬を膨らませて反論する。

「将軍に任命する。魔王軍の兵士達のテコ入れをしてほしい」


——あれ、私、幼女。幼女がどうして将軍なんだろう？


おっきな魔族の兵士の人達を、どうやって鍛えるんだっけ？

「わたち、たたかえまちたっけ？」

また、こてん、と首を傾げてみた。

あ、まずい、二度目は悪ふざけすぎたか。

陛下のこめかみに青筋が浮かんでいるわ！

私は、助けを求めるように、陛下のそばを離れて、マーリンの元へいき、抱っこをせがんだ。

マーリンは、やれやれ、といった顔をしてかがみ込んで、私を抱き上げてくれた。

「おいたが過ぎますよ、マスター」

その言葉に同意するかのように、陛下が頷く。

「リリス。其方はかつての英雄達を喚べるではないか。其方自身ではなく、彼らに兵士の訓練を頼むことは可能か？」

あ、そういうことか。

でも、魔族の兵士の訓練ってしたことないけれど、出来るのかな？

私は、抱っこしてくれているマーリンの顔を見る。

意を汲み取ってくれたのか、私の代わりにマーリンが回答を始めた。

「そうですね。剣技に関しては、剣の技に長けた者を喚べば良いでしょう。……ただし」

「ただし？」

マーリンが言い淀んだ、その言葉の語尾に、陛下が意外そうに片眉を上げる。

「人間が得意とする魔法属性と、魔族が得意とする魔法属性はやや異なります」

そこまで言うと、陛下も納得したように頷かれた。

火、水、風、土の四大属性であれば、人間も魔族も適性さえあれば行使可能である。だが、光、闇、聖、邪となると、得意とする者が異なるのだ。

例えば、光や聖属性は人間の限られたものが行使可能である。そして、闇属性は魔族が得意とする。

そして、邪属性は人に災いをなす魔法であるため禁忌とされ、扱う者は道を外した者以外存在しないはずなのだ。

「……なんとかならんか？」

陛下が、マーリンに尋ねる。

すると、マーリンが少し悪戯っぽい印象を受ける笑みを浮かべた。

「勿論。マスターに不可能などございません。少々、マスターにご説明して参りますので、失礼しますね」

マーリンは、一礼すると、私を抱っこしたまま、陛下の執務室を後にした。

パタン、と扉を閉めて、城の庭のベンチまで移動して、私を下ろし、その横にマーリンが腰を下ろす。

「さてと。適任者はいるんですよね」

くすくすといたずらを思いついた子供のように笑う、マーリン。

「あれ。しょうなの？」

だったら、なんですぐにその場で陛下に教えてあげなかったんだろう？

マーリンの意図がわからずに、私は首を傾げる。

「マスター。英霊（エインヘリヤル）とは、何も、人間の英雄だけとは限らないのですよ」

ん？　どういうこと？

よくわからないといった顔を私がしているのを見て取って、マーリンがさらに説明をする。

「マスターは、元々人間でしたから、英霊（エインヘリヤル）と言われると、人の英雄を想像する。ですが、神は平等です。英霊（エインヘリヤル）には、偉大な功績を残した亜人も含まれるのですよ」

あれ？　亜人って、そういえば魔族もだよね？

「まぞくの、えらいひと、いりゅ？」

マーリンはにっこり笑ってコクリと頷いて、私の頭を撫でる。

「正解です。マスターは賢くてらっしゃる」

そして、マーリンが、その人の名前とどんな方かを私の耳にこっそり、そして喚ぶに十分なだけ詳細に教えてくれる。

それを聞いた私は、「ぷーっ！」と吹き出したあと、くすくすと笑いが止まらなくなった。

――デコピン陛下、見てらっしゃい！


私は笑うのをやめて立ち上がり、片手を掲げる。そして、その名を呼ぶ。

「サモン！　だいまおう、パズス！」

私の手から光が溢れ、その光が人の形に集約して、威厳のある魔族が現れた。

彼は、初期の混迷する魔族領を統一して今の王国の形にし、亜人達が安心して暮らせるようにした、偉大なる王なのである。

そして、陛下のお父様なのだ（ここポイント）。

「……ほう。我を英霊（エインヘリヤル）と認識し、かつ、私を喚べるほどの魔力を保有するとは、実に面白い人間、いや、魔族化しているのか」

そう言いながら、私を確認した後、私の横にいる、マーリンに目を止める。

「そうか。我が英霊（エインヘリヤル）などと知っているのは、英霊（エインヘリヤル）自身くらいのものだろう。其方の入れ知恵か」

そう言って、パズスは片眉をあげる。

「すみません、パズス殿。マスターの主人である魔王ルシファー殿から、魔族兵の訓練に適切な方を喚べとのご命令でして」

その説明に、パズスは、ふむふむ、と納得したように頷いた。

「まあ、その願いはおいおい叶えるとして。ルシファーと言ったか。……あのヒョロっこい息子だな。まずは奴の今の力量を確かめたい。奴はどこにいる？」

そうして、私を抱っこしたマーリンが、パズスを執務室に案内する。

そして、何食わぬ風を装って、扉をノックする。

「入れ」

いつもの調子で、陛下の声がする。

ドアを開けて、陛下が手を止めて、こちらを見……。

「……ち、父上。大魔王パズス様⁉」

バン、と執務机に両手をついて、立ち上がるルシファー陛下。

「ああ、マスターに喚ばれた」

「……マスター……」

しばし、陛下が沈黙する。そして頭を抱えた。この状況を頭の中で整理しているのだろうか。

そして、その沈黙は、私への怒号で破られた。

「リリス！　お前の仕業かーー！」

「だって、まじょく、きたえられるひと、いるんでしょ？」

そして私はパズスを見て、ねっ、と笑いかけた。

「そうだ。まあ、其方の願いは兵士の訓練だったか。だがまず、我が後継者たる其方自身の力量を確認させてもらう」

「……ひっ」

陛下の喉から、変な声が漏れた。

パズスは大きい。肉体的にも魔力的にも鍛え上げられた、歴戦の王といった様相だ。

それに比べて、ルシファー陛下は、肉体派というよりは頭脳派といった見た目をしている。

「じゃあ、訓練所に行くぞ」

「リ〜リ〜ス〜！」

パズスに首根っこ掴まれながら、陛下が連れ去られていく。

「がんばってね〜！」

私とマーリンは、にこやかに彼らを見送るのだった。

後で知ったことだけど、パズスはその後数日間、まずは我が息子の訓練をみっちりしてから、兵士の訓練をすることにしたらしい。


そしてその数日後。

「へいか。としょしつ、いっていいですか」

いつものように、マーリンに抱っこされながら、私は執務室で陛下にお願いをしていた。

それにしても、なぜ今日は、いつも以上にぐったりしているのだろう？　お父様と久々の再会が出来て有意義な時間が取れたのではなかったのかしら？

陛下が日々パズスに訓練を受けていることを知る由もない私は、至極普通に陛下の変わりようを不思議に思うだけだった。

　そんな今日は、陛下のお手伝いをしているらしく、孔雀(アドラメレク)も部屋にいた。

「……まさか、絵本……」

孔雀(アドラメレク)から、やっぱりそれを言うか！　といったセリフが聞こえたので、蹴っ飛ばすふり（届かない）だけしておいた。

「ちがいましゅ！」

　私は、ぷうっと頬を膨らます。

「陛下、アドラメレク様。違いますよ。マスターは、ご実家に起こる『災厄』について調べたいのです」

　そこに、マーリンが苦笑しながら間に入ってくれた。

「『災厄』ですか？」

　そこで、マーリンが、私の故郷の『災厄』について説明をしてくれた。

　いちいち舌を噛むこの幼児の口では、説明が大変なので、実に有難い。

「日食は、月の影が日の力を奪う日。それを聞くと、何やら古い神話にも理由がありそうですね」

　すると、何やらアドラメレクが、その、古い神話、というものを思い出したように話し出した。

　昔、創造神の子の中に、大地に生まれた人間や亜人達を見守るための双子の男女の神が生まれたのだそうだ。

　女神は、人間も亜人も平等に愛していたが、男神は自分と同じ見た目の人間のみを愛し、それ以外の子達を嫌うようになった。

やがて、その弟神ガイアスは、姉神ガイアを含めてその他の神々と袂を分かち、自分自身を絶対神とみなす国を興した。それが、元の国であるノートン王国であり、彼を主神と崇めるのが彼の国の教会なのだそうだ。

そのため、彼の国は、人間第一主義で、ドワーフなどの一部を除き、亜人は奴隷以外の身分で存在を認められていない。

それに対して、魔族や獣人といった亜人と融和していく方針を選択したお父様の国は、ガイアス教に弾圧されていた、姉神を主神とするガイア教を再興させて国教としつつ、宗教の自由を認める方針で、今宗教改革も行なっていたはずだった。

「それの、どこが『さいやく』と関係ありゅの？」

私は首を傾げる。

「その双子の女神は太陽、男神は月と見なされているからですよ」

「……つきによって、たいようのちからが、おとろえると、おきりゅ……」

何かがわかりそうな気がして、それでもうまく表現が出来なくて、私は、うーんと頭を抱えて唸る。

「つきは、あのくにの、かみさま……」

うーん、と、何かが導き出されそうな感じがして、私は一生懸命に考える。

「かの国の教会が、何らかの関与をしている可能性があるということですかね」

そこに、マーリンが私に救いの手を差し出してくれた。

「ノートン王国で、資料が見当たらなかったんだろう？　とすると、あの国のあの教会なら、関連文書を異端とか何とか言って、廃棄していてもおかしくはないだろうし、関与も可能性はありそうかな……」

アドラメレクが推測する。

「そうすると、一度はノートン王国に従っていたフォルトナー王国も、文献は見つかるまい。あるとすると、我が魔族領の書庫のみ、ということか……。あ、いや、もしかすると、父上自身が知っておられるかもしれない」

そう、陛下が気付いたのだ！

あ！　そうか。魔族は寿命が長い人で二千年とか。でも、パズスは凄くて、三千年も生きたのだ！　そうしたら、ちょうどその頃に生きていた可能性があるってことよね！

――善は急げ！

「サモン、だいまおうパズス！」

すると、威厳のある先代魔王が姿を現した。

「マスター。何か御用かな？」

彼は、なぜか両手をマーリンに向けて差し出している。その指先が、何かを催促するかのように小刻みに動かされている。

私は、マーリンから、パズスに引き渡され、抱っこされた。

——え？　どういうこと⁉


「愛らしき我がマスター。何でも望みを叶えよう。で、今日は、何をお望みだ？」

パズスの顔は可愛い孫でも見るような表情で崩れきっている。

「……ち、父上……」

「先代様……」

その光景に、陛下もアドラメレクも頭を抱えていた。

「パズス殿。マスターは、マスターのご実家、フォルトナー王国の南の山間部で起こる『災厄』について、知りたいと願っております」

そう言うと、陛下の執務室に貼られていた、この大陸の地図の所へ行って、場所を指し示した。

「『災厄』、フォルトナー……」

パズスは私を抱いたまま、その地図の側に歩み寄り、その大量の記憶の中を探るように、しばらく考え込んでいた。

「……！　あれだ、『次元の悪魔』と『勇者』と『英雄』だ！」

パズスが思い出したように、キーワードらしき物を口にする。

――もうちょっと、わかりやすく教えてくれないかな。


『悪魔』という存在を知っているか?」

パズスが、私を抱っこしたまま執務室のソファに腰を下ろす。私は、彼の膝に座らされた状態だ。

マーリンも彼に促されて、向かいに座る。

「伝承では聞いたことがありますが……。いるのですか?」

陛下やアドラメレクの顔色も険しいものに変わる。

「あくま、って、しょんなに、こわいの?」

私はくるりと体を捻って、パズスの顔を仰ぎ見た。

「この世には、様々な次元に様々な世界が存在している。そして彼らは、そのどの世界とも違う次元に存在している。そして、様々な神が創った世界を、戯れに壊したり荒らしたりするのだ。そういう意味では、あらゆる神の敵対者とも言えるな」

世界を壊したりするほどの、凄い存在の話になって、急に怖くなって、私は体が自然に震えてしまった。

「怖がらせてしまったな」

パズスがそう言うと、私の背を撫でてくれた。

大きな手の温もりが、私を癒してくれる。ふう、と一息ついて、彼の服を引っ張って、話の続きを促した。

「その悪魔のうちの一人が、その昔、戯れに次元をこじ開けて、この世界に現れた。そして、その悪魔を倒すためにガイアス教が『勇者』を召喚して、月の神の神剣を与えた」

そう説明してから、パズスが私に視線を落とす。

「そしてもう一人。現地の民から、女神ガイアが『英雄』を選び、日の神の神剣をお与えになった。……そしてマスター、彼はフォルトナー家の初代当主でもある」

その言葉にびっくりして、私は目を大きく見開く。

――そんな神話のような物語に、私のご先祖様が関わっていたなんて！

「悪魔との戦いでは、『勇者』は力およばず力尽き、『英雄』が、日の神の神剣によって、かろうじて封印することが出来たのだ」

パズスがそう告げるけれど、それは何かおかしいと思った。

「ねえ、パズス。でも、わたしのじっかには、『さいやく』がまだあるわ。おわって、いないじゃない」

私の訴えた疑問に、パズスが、頷きながら私の頭を撫でる。

「そう。封印しただけでは事は終わらなかったのだ、マスター。『英雄』が悪魔を封印したことで、『勇者』を立てたガイアス神、そしてガイアス教側は面子を潰された」

「……」

なんていうか、嫌な感じがして、私は何も言えなくなってしまった。

「ガイアス教は国王に進言し、悪魔を封印した英雄に、その辺境の地を与え、辺境伯とした。勿論、これは建前。国さえ脅かしかねない『英雄』を辺境の地に封じたのだ」

「そ、んな……」

衝撃を受ける私に、さらにパズスは言葉を続ける。

「そしてその頃から、『日食』という、月により太陽が侵される天体現象が始まったのだ。悪魔を封じたのは日の神の神剣。その封印の力は、太陽の力が衰えるときに、弱くなる」

私を慰めるように、パズスは、終始私を撫でながら歴史を紡ぐ。

「な……、父上、それでは、彼の国は、この地に生きる者を悪魔から守ることより、国と教会の威信を守るために、辺境に生きる者達を、『災厄』に晒すことを選んだということですか！」

流石のことに、陛下も机を叩いて立ち上がる。

「『さいやく』は、たくさんのせんしを、ぎせいにしたわ。……それが、けんい、とかいう、くだらないもののため、だったの？」

私は、『災厄』の戦いに、英霊達（エインヘリヤル）を召喚して参戦した。主に、マーリンで攻撃を、フェルマーで回復を担ってきたけれど、一撃で命を奪われてしまえば、助けられなかった。

人の生と死は神の領域。

一度失われた命を復活させることは、人には許されていない。だから、フェルマーであっても、それは不可能なのだ。

――そんな命がたくさんあって、彼らには家族があって！

「ひどい！」

私は、悲しみの感情を抑えることが出来なくて、素直に瞳から大粒の涙をボロボロと溢してしまう。

『災厄』のたびに、助けることさえ出来ない人達のことを、どれだけ、我が身の無力を悔いたことか。

「ああ、マスター。そんなに泣くな」

そうして、ハンカチを携帯していなかったのか、パズスが、上質な生地で出来た服の袖で私の頬の涙を優しく拭ってくれた。

だから、遠慮なく、グジュグジュになってしまった鼻もかませてもらった。

「……あ」

何か聞こえたような気がしたけれど、パズスもやはり、仕方がないといった様子で、私の頭をポンポンと優しく叩いて撫でるのだった。

「これは、リリス一人の問題では済まないだろうし、悪魔が相手となると……。人だけの問題ではない。一度、其方の実家に真実を告げて、どうするかを話し合ったほうが良いのだろうな」

ありがたいことに、陛下は、暗に、魔族も無関係ではない、とおっしゃってくれた。

実家のお父様と兄様達に、判明した真実を伝えつつ、いるとわかってしまった悪魔に対する対策について講じるべく、私とアスタロト、パズス、マーリンで、ニーズヘッグに乗って実家の城に戻ることにした。

本当ならば、前回よりもさらに延びた街道などを眺めて喜ぶところなのだが、今回はそんな心の余裕は私にはなかった。

先に、フォルトナー領へ向かうことを伝令させておいたので、実家には、帰ることが伝わっていて、大きなニーズヘッグの姿が見えても、実家側の警備兵は慌てる様子もないようだ。

いつものように、城の屋上に着地すると、マーリンに抱きかかえてもらって着地する。

「おかえりなさいませ、リリス姫！　いらっしゃいませ、お客人殿。客間を用意してございます」

屋上で控えていた、案内役らしい侍女が、さっそくとばかりに、私達を階下へと案内してくれる。

「こちらでございます」

そう言って、侍女が開けた扉の中には、すでに、お父様と兄様達が待っていて、ソファに腰を下ろしていたところを、挨拶のためか立ち上がる。

「おお、リリス！　そして、お客人の皆様！　ようこそおいでくださいました。ささ、こちらへ！」

そう言って、大人数でも座れる大きなソファに皆を誘う。

「リリスはこっちにおいで」

そう言われて、私は、マーリンからカイン兄様に引き渡され、兄様が腰を下ろした膝の上に座らされる。

「おい、カイン！　ずるいぞ！」

抜け駆けされたアベル兄様が、カイン兄様に文句を言う。

「ふふ、こういうのは早い者勝ちですよ」

ね、と言いながら、私の頭を撫でるカイン兄様。


——その前に、私は十五歳なんですけどね？

最近、自分でも本当かどうかわからなくなってきました。


「それにしても、あの魔王領を統一した大魔王パズス様とお会い出来るとは……」

お父様は、偉大な帝王に実際に対面出来て、感無量といった感じである。

こういうのは、男のロマンとかいうものなのだろうか？

「いやいや、我がマスター、リリス殿の類稀なる力があってこそ。普通の者では、我を召喚するなど不可能だろう」

パズスが、目を細めて私を褒める。

「ねえねえ、にーさま」

そんな中、私は本題について話をしたいと、カイン兄様の服の裾を引っ張る。

「ああ、今日のお話のことかな？」

兄様が察してくれて、私は、こくこくと頷く。

「そうだな。そのために、我はマスターに請われて、この地に参ったのだったな」

思い出したように言って、パズスも頷いてくれる。

「我が領に起きる、『災厄』についての原因が判明したとか……」

ようやくお父様も、本題に入る気になったのか、身を乗り出してくる。

「マスターは、魔族領の書庫で調べようと考えていたらしいのだが、ちょうどその時代に生きていた我を彼女が喚び出しておってな。それで、事実をお教えしたのだ」

私達の領は、長年この地を治め、この領を治める者の義務とばかりに、定期的に襲いくる『災厄』と戦ってきた。だから、その理由がわかると聞いて、お父様も兄様達も、緊張と期待感にごくりと喉を鳴らす。

パズスは、先日私達に教えてくれたことを、そのまま、お父様や兄様達に語り出した。

それぞれ太陽と月を司る、双子の姉神ガイアと弟神ガイアスの存在。

万物を愛する慈愛の神であるガイアに対して、ガイアスは人間しか愛さないこと。

やがて、ガイアスを主神とする宗教を立てる、ノートン王国が興ったこと。

そんな中、次元の外に存在する悪魔のうちの一人が戯れにこの世界を破壊しに現れた。

その地が、このフォルトナー領にある、例の亀裂であること。

その時に、ガイアス教に召喚された者が『勇者』、そして、人の子の中からガイア神が選んだのが、フォルトナー家の祖先でもある『英雄』だったこと。

彼らは、それぞれの神から神剣を与えられていた。

結局、勇者は悪魔に力及ばす力尽き、『英雄』は悪魔を倒すことこそ出来なかったものの、この地に封印することに成功したことを説明した。

「封印に成功したのでしたら、なぜ『災厄』が起こるのでしょう？」

パズスが一旦説明を区切ったところで、カイン兄様から疑問の声が上がった。

「しょれは……」

私は、その後の話が、あまりにも酷いので、俯いてしまう。

「ん？　どうした？　リリス」

そんな私の頭を、カイン兄様が優しく撫でてくださる。

「恐らく、ガイアス教、そして、国としては『勇者』ではなく、『英雄』が悪魔を封じるという偉業を成し遂げたことを、面子を潰されたと思ったのだろう」

パズスが、話を再開すると、その話の雲行きの悪さに、お父様も兄様達も顔を顰めた。

そして、フォルトナー家は、褒美の名目で辺境に領地を与えられたこと。むしろ、その地に封じられたに近い。

そして、それまではなかった『日食』という天体現象が起こるようになったことまで、全てをパズスは告げるのだった。

「……それでは、我が一族は、祖先が功績を成し遂げたにもかかわらず、歪んだ思想の神と、宗教と、国に、虐げられてきたということではないか！」

バン、とテーブルを叩いて立ち上がるお父様の顔は、まさに怒り心頭に発するといった様相だった。

⚜

ところ変わって、ここはノートン王国の教会の地下にある、祈りの間。

そこに、険しい表情をした枢機卿と国王が二人で話をしていた。

「……全く忌々しい。陛下！　あの異端者は、奴らを封じた辺境の地を起点に、この大陸の面積の大半を占める王国を築き上げております」

彼は宗教家の纏うローブの膝辺りを握りしめ、それが強く皺になっている。

そして、握りしめる拳は怒りによって小刻みに震えている。

「枢機卿よ、其方の怒りはもっともだ。私とて、彼奴には領土の大半を奪われ、攻めようにも兵士はなく、挙げ句の果てに、国の境を覆うようにあっという間に堅固な壁を作られたわ！」

忌々しげに言い捨てるノートン国王。

「……陛下、一つ奴らを懲らしめる方法がございます」

その言葉に、二人が揃って顔を上げ、にたりと笑う。

「……その方法、教えよ」

国王が尋ねると、「こちらへ」と言いながら、祈りの間の中央に刻まれた魔法陣の上に案内する。

「……これは？」

国王が、足元の、石の床に精緻に彫って刻まれた魔法陣を見下ろす。

「我らの神ガイアス様にお力を捧げるための魔法陣です。その昔、このように祈りを捧げ、我らガイアス教は『日食』という現象を生み出したのです。ですから、また、刻まれた陣全てに、信者の血が捧げられれば……」

そう言って、枢機卿はニヤリと笑うと、懐から豪奢な飾りの施されたナイフを取り出して、鞘を投げ捨てる。

「……そして」

ザシュッ！

と勢いよくナイフを握る腕の反対の腕を深く切り裂く。それは、動脈も傷つけ、大量の血が、彼の足元の魔法陣に注がれていく。

「おお……！　枢機卿、我が身を投じて、信仰に殉じるか！」

国王は、感極まったように目を見開き、枢機卿を正面から見据え、両肩を掴む。

しかし、その国王自身の体にも衝撃が走る。

ドン！

「……？」

一瞬我が身に起こったことを理解出来ず、瞬きをする国王。

「……あなた自身こそ、この国の、国教の長として、殉教者とならなければ」

枢機卿がニタリと笑う。

「あ、あ、あ……」

枢機卿の血で濡れたナイフは持ち替えられ、国王自身の心臓を貫いていた。

そして、そのナイフは容赦なく引き抜かれ、大量の血が溢れ出る。

国王はその大量の失血による衝撃で、声もなく、その場に倒れ込んだ。

そして、枢機卿自身も、自らの心臓に刃を突き刺し、引き抜く。

枢機卿は、血濡れの手で、邪悪な祈りを込めて信奉する神、ガイアスの名を床に書く。

「神よ。月の神ガイアス神よ。今こそ、あの忌々しい太陽の封印を解き、彼の地に災いをもたらさん……！」

魔法陣には、狂信者二人の血がじわじわと染み込み、白い魔法陣が、赤い魔法陣へと変わっていくのだった。

その頃、フォルトナー王国では、まだ日食が起こる季節でもないこともあって、件の亀裂、災いの谷を調査しようということになった。
今まで何も調査をしていなかったのも不思議なものだが、ガイアス教からの強い圧力もあって、立ち入ることは叶わなかったからだ。
メンバーは、私、カイン兄様、マーリン、パズス、フェルマー、弓使いのエルサリオン、魔術師のアグラレス、メイス使いの戦士ガレスだ。

私は、パズスに抱っこされている。

お父様とアベル兄様も行くと言っていたけれど、悪魔が封印されているという危険な場所に、現国王とその嫡男が行くのは、国を維持する観点から言って、適切ではないという結論に至ったのだ。

二人は、一緒に行けないことを歯噛みしていた。


私達一行は、慎重にその谷へ歩を進めた。

いつも一定数湧いている魔物は、マーリンとアグラレスが魔法で焼き、エルサリオンが世界樹の幹から作ったとされる、伝説の聖なる弓に番えた矢で敵を射抜いていく。

そうやって、私達は護衛の英霊達(エインヘリヤル)に排除してもらいながら、災いの谷の中にある大きな洞窟に到着し、その中に入っていった。

陽の光も差さずひどく暗いので、フェルマーが、光魔法でカンテラがわりの光の玉を手のひらに浮かべて、あたりを照らしてくれた。

その洞窟の奥深くまで到達すると、先頭を歩いていたパズスが足を止める。

「ここだ。古の英雄が、悪魔を封印した地」

そこには、お腹の中心を剣で貫かれた身の丈は人の五倍はあろうかと思われる巨大な悪魔が、円と五芒星の光に押さえつけられながら眠っていた。

獣のような頭に巨大なツノを持ち、大きな羽が背に生えている。

人間とも、獣とも、亜人とも、そのどれとも違う、異様な存在だった。

「こわい……」

私は、思わず、抱いてくれているパズスにしがみ付く。

そんなパズスは、私を落ち着かせようと、両手で包み込むように抱きしめてくれた。

「……これが、この地に封じられていた者。我々がここに封じられていた理由……」

カイン兄様は感慨深そうに呟いた。

「ねえ、パズス、あれは？」

私は、悪魔の腹に刺さっている剣に目が入った。

綺麗な真紅の宝石が柄の先端に飾られた、装飾も金で施された神々しい剣だ。

「あれが、聖剣。日の神の剣だ。あれが、悪魔を封じている」

パズスがそう、教えてくれた。

なぜだろう。私は、その剣の柄に飾られた赤い石に魅入られたように、じっと目を逸らせないでいた。

私がしばらくパズスの腕の中で、その日の神の剣に魅入られていると、突然大きな地震に襲われた。

「何事だ！」

「この辺りに、活火山はないはず！」

「それよりも、まず、ここから出ないと！」

洞窟内に閉じ込められてはまずいと、マーリンが判断し、皆に退避を促す。

皆、それに従って、走って洞窟から、小さな落石を避けながら退避した。

私は、洞窟を脱出し、災いの谷を抜けて城に向かって避難する間、パズスにずっと抱かれたままだったので、あたりの様子がおかしいことに気づく余裕があった。

「ねえ、あれ、なに」

ようやく、防衛壁の扉を開けて、城内に入る。そして、その庭で私は空を指さした。

空には、晴れた雲一つない空と、太陽。そして、それに近づく……、真っ赤な球体。

時々、地平線近くだと、綺麗なオレンジ色になるのは見たことがあるけれど、それは、そんな色じゃなかった。

「ち、のいろ……」

そして、その真っ赤な血色の球体は、徐々に太陽に近づき、覆い隠し始めた。

「日食？　だが、その時期ではないはず……」

「……あれは月なのか？」

禍々しい色をした月によって、今まさに日食が起ころうとしていた。

それに呼応するように、災いの谷から、黒い霧と魔物の群れが湧いてくる。

『災厄』の始まりだ。

その頃には、アベル兄様は飛竜隊を指揮して、臨戦態勢をとっていた。飛竜達は、調教が間に合ったようで、テイマーの指示に従い、騎乗する騎士達の言葉に素直に従っていた。

そして、お父様は、砦の影に隠れて待機する魔導師隊に対して、指示を飛ばしている。

その魔導師隊の中に加わって、アスタロトも、魔法による参戦をしてくれていた。

慌ててやってきたニーズヘッグも、元の姿に戻り、ドラゴンブレスやその鋭利な牙や爪で応戦している。

また、私を陥れようとした元勇者パーティーのメンバーも、奴隷戦士として、前線に立たされていた。

私の国に基本奴隷制度はないのだけれど、犯罪者に限り、適性に合わせて奴隷制度が適応される。

彼らはその対象にされたのだろう。

「サモン、エインヘリヤル」

私も、今いる英霊達に加えて、さらに戦力を要求する。

「マスター！　ありがとうございます！」

私の軍師でもあるマーリンが、そのサポートに感謝を述べるとともに、すぐに英霊達に指示を飛ばす。

「魔導師、弓師は、砦内から攻撃。聖女に回復師は、怪我をした者の回復を優先しながら、合間に攻撃。剣士と戦士は、浮遊しながら前線で戦え！」

私の英霊召喚数が増えたことと、ニーズヘッグに、アベル兄様の飛竜隊の活躍もあって、いつもより、魔物達を殲滅するスピードは早かった。

「だいじょぶ、かしら」

私は、前線に向かったパズスに残るように言われ、砦の安全な場所でみんなを見守っていた。

実は、私には、彼らを召喚して魔力を供給するしか力がないので、見守るしかないのだ。

——悔しい。私も力になりたい。

そんな時、大きな音がして、災厄の谷にある、さっき見に行った洞窟が、天井に当たる部分から崩れ落ちるのが見えた。天井の抜け落ちた洞窟は、その内部まで、外に避難した私達に晒していた。

そして、その瓦礫の中から、巨大な生き物が姿を現した。

あの悪魔だった。

お父様が、これでもかというくらいに刮目して、驚愕している。

「悪魔は、聖剣によって封印されている、はず……」

皆が、その異様な大きさと姿に驚愕し、攻撃の手が止まり、一瞬その場を静けさが支配した。

お父様の言葉が耳に入ったのか、悪魔が声を発した。

「聖剣？　これかァ？」

悪魔は嘲笑うような口調で言った後、彼の腹に刺さったままの剣の柄を手に取る。

——『聖なる剣』に、邪悪なる悪魔が触れている。何かがおかしい。

「空を見ろよ」

言われて、私達は空を見上げる。

まず、昼間なのにとても暗いことに気がついた。

そして、天を仰ぐと、あるはずの太陽の上には、真っ赤な禍々しい色をした月が覆い被さっていた。

「狂信者共の邪法によって、月の神は邪神に堕ちたようだ。そして、太陽を覆い隠し、この剣の力を無効にしてくれている。……これはもう、ガラクタさァ！」

そう言って、柄を握りしめると、剣を腹から引き抜き、投げ飛ばした。

そして、それは、偶然屋上にいた私の足元すぐ近くに転がった。

「幾ら俺が、『怠惰の悪魔ブーシュヤンスター』といえども、流石に飽き飽きだ。さァ！　今までの鬱屈をどう慰めてもらおうか。人を一人ずつ引きちぎろうか。それとも、全てを破壊し尽くそうか！ギャハハハハハ！」

そう言って、手始めとばかりに、飛竜隊の一人を捕獲して、手足を一本ずつ引き抜き始めた。

「痛い、痛い！　やめてくれええええ！」

騎士が泣き叫ぶ。

「ハイヒール！」

フェルマーが唱えれば、彼の奪われた手足は再び生えてくる。だが、悪魔は新たに生えたその手足を再び引き抜くだけ。それではいつか、心のほうが先に壊れてしまう。

「非道なことをするな！」

気高きエルフであるエルサリオンが、世界樹の弓で悪魔の両目を目掛けて矢を射掛ける。

「ちっ、忌々しい」

悪魔が、目に刺さった矢を引き抜いている間に、パズスが飛んでいって、捕獲されていた騎士を救い出した。彼は、パズスの腕の中ですでにぐったりと気を失っているようだ。

そんな中、私は、足元に転がった聖剣に気がついた。

そしてそれに吸い寄せられるように、それに手を伸ばす。重そうに見えたそれは、意外にすっぽりと私の手に馴染んだ。

「……え？」

それは、私の手に握られると、柄飾りだった赤い石を中央先端に掲げ、その周りを花弁が覆う、花を模したような形になり、私サイズの小ぶりのロッドに姿を変えていた。

そして、頭の中に不思議な声がしたのだ。

『気高きフォルトナーの子よ。私を手にし、戦いなさい』

――え？　でも、私には戦う術なんてないはずよ？

日の神の剣は、すでに聖剣ではなく、聖杖になってしまった。それを握りしめ、私は途方に暮れていた。

――これで何が出来るっていうのよ！

『我がマスターよ。私を信じなさい』

私が思っていることは聞こえるとばかりに、頭の中に声が響く。

「マスター、大丈夫ですか？　えっと、それは？　あ、太陽の石が……」

フェルマーが、私の様子を確認しにきてくれた。そして、なんとなく、これが何であるかにも気がついたようだった。

「ロッドに、なっちゃったの」

私の戸惑いを交ざった言葉に、フェルマーは大きく頷く。

「わかります。日の聖剣ですね。マスターの性質に合わせてその姿を変えたのでしょう」

フェルマーの言うことは、私の目の前で起きたことを的確に言い当てていた。

その時、また頭の中に声が響いた。

『マスター。まずは、私の力を発揮するために邪魔な月を破壊してください』


——月を壊す!?


あまりの指示内容に、驚いて私はフェルマーに助けを乞うように、顔を見る。

「ロッドが、つきを、こわしてって……」

そう言って、私は空を仰ぎ見て、赤い血色の月を指さした。

「なるほど……、それであれば、聖剣、いえ、聖杖の力を取り戻して、今度こそ悪魔を滅ぼすことが出来るかもしれない」

私も、フェルマーのフォローでようやくそれが現実にすべきことなのだと納得出来て、うん、と二人で頷いた。

「みんな！　あの、つきを、こわして！」

「マスターが手に持つのは、聖剣が姿を変えた聖杖！　太陽の力を取り戻すのです！」

私が、空に浮かぶ赤い月を指さして、英霊達（エインヘリヤル）に指示をする。そして、フェルマーもその理由を皆に説明してくれた。

その言葉に、英霊達（エインヘリヤル）がそれぞれ天を仰ぎ見る。

「そうか、堕ちた月の神の力を削がねば、いつまで経ってもこちらが劣勢……」

素早く計算したのだろうか、マーリンがそう呟いた。

「長距離攻撃が可能な者は、まずは月を目標にせよ！　私に続け！　隕石招来（メテオ）！」

すると、両手を掲げたマーリンの手の上に、たくさんの隕石が姿を現した。

私の体の中から、ごっそりと魔力がマーリンへと持っていかれるのを感じた。

「月を目掛けて、行け！」

そうマーリンが叫ぶと、他の無数の伝説の魔術師達がその後に続く。

エルフの女王アグラレス。

魔術師アグリッパ。

魔術師クロウリー。

その他にも、数えきれぬほどの魔術師達が、我が身の最高の魔術を以って、月に攻撃を仕掛ける。

そして、月に攻撃の出来ないお父様や兄様達、戦士タイプの英霊(エインヘリヤル)達は、露払いとでもいうように、日食で湧き出た魔物達を倒していく。

「永久の闇(ブラックホール)へ！」

パズスが、最上級の闇魔法を起こし、それを魔力で月に向かって投げ飛ばす。

「私が生涯をかけて模索した中で最大威力の爆弾達よ、今こそ世界のために力を発揮せよ!!」

錬金術師パラケルススは、爆弾を無数に浮遊させ、それを魔力で浮遊させて月に目掛けて投げ飛ばす。

勿論彼らも、私の魔法威力の向上と魔力の供給を受けて、現世に生きていた頃よりも高性能である。

「バカか！　遥か彼方に浮かぶ月に攻撃など出来るわけ……」

嘲笑を交えて悪魔が彼らの行為を愚弄しようとするが、最初のマーリンの一撃（と言っても複数個だけど）で、月が四分の一ほど欠けた。

「な、な……、地上から月を壊すだと？　非常識だろう！」

悪魔が喚いているけれど、その間にも、どんどん月が物理的にその体積を減らしていく。

「マスター！　まだ魔力は……」

マーリンが、私の身を案じてくれる。

「だいじょーぶ！」

私が、ニヤリと大きく笑ってみせる。

「では、もう一度……。隕石招来（メテオ）！」

無数の隕石が、地上から天へと飛翔していく。ある意味、とても不思議な光景なのだろう。

そして、マーリンの放った隕石達は、わずかに残った月を、粉々にして破壊した。

月に覆われていた太陽は、天で明るく輝き、空を、地上を明るく照らしていく。

「な、なんてことだ……！」

あまりの事態に、まだ呆然として戦意を喪失しているとはいえ、難敵の悪魔はまだ生きている。

それに比べて、私は、英霊達（エインヘリヤル）にありったけの魔力を与えてしまって、魔力が空になりそうなのだ。


――この後、どうしよう。


それは、私と繋がっている英霊達（エインヘリヤル）も感じているらしく、気遣わしげに、私のほうを見る。

あれ？

私が手に握りしめている聖杖に、天上の太陽から、一筋の光が降り注ぎ、その杖を通して、私に魔力が補給されていく感覚を感じた。

『この形態の時には、マスターは魔術師系。ですから、太陽の恩恵さえ得られれば、魔力は無限に補給して差し上げられます』

頭の中の声が、説明をしてくれる。

その言葉どおり、私の中に、温かな魔力がどんどん入り込んでくるのがわかる。

そして、それは英霊達にも感じるようで、彼らの顔も明るいものになっていく。

「みんな、わたちのまりょくは、じゅーぶんよ！」

英霊達は、私の言葉に歓声をあげるのだった。

「こんどは、わたちたちの、ターンれしゅ！」

私は、聖杖を握りしめて、英霊達を激励する。

『「全能力強化」と唱えて、英霊達に魔力を注ぎなさい』

そんな時に、頭の中に声がした。それに従って私は、そのとおり言葉を復唱する。

「エインヘリヤル、オールアップ！」

そう言って、全ての英霊達を指し示すように、聖杖を振る。

すると、聖杖の先端の赤い宝石から光が漏れて、英霊一人一人にその光が降り注ぐ。

「「「ありがたい……！」」」

英霊達から歓喜の声が上がる。

「では、皆」

マーリンが、全英霊達に声をかけた。

「我らの力を、マスターの勝利のために！」

「「「おー！」」」

英霊達が、その、それぞれが持つ伝説級の得物を掲げる。

まず突進していったのは、メイス使いの巨体が自慢の戦士ガレス。

それに対抗して、悪魔が闇の弾(ダークボール)をガレス目掛けて撃ってくる。

「それしきの魔法、効かんわ！」

その言葉のとおり、ガレスは、易々とメイスで魔法弾を弾き飛ばしながらそのまま突進し、メイスで悪魔の頭を横殴りにしようとする。

「動きなぞ、見えている！」

悪魔が嘲笑したその時。

「ぐはっ」

メイスの振り上げは、フェイク。

ガレスは、ヴァイキングのようにツノのついた鋼鉄のヘルメットで、悪魔が避けようとする方向を読み、悪魔の腹を、そのツノで抉り取ったのだ。

「よし！　次は魔法だ。ガレス、避けろ！」

マーリンがガレスに指示する。

「おう！」

ガレスがサイドステップでまず素早く動き、そして、走って場を離れる。

「パズス殿、いけるか」

「良いとも。極上の刑場を作ってみせようぞ！」

マーリンとパズスが、互いに顔を見合わせて、ニヤリと好戦的な笑みを交わす。

「古の血に飢えた公爵の刑場を！　串刺し公の庭園(ブラッディガーデン)！」

パズスの詠唱と共に、悪魔の足元から鉄の槍が地面から無数に突き出してきて、悪魔の体を突き刺し、拘束する。

「グアアアア！」

刺し貫かれる苦痛に、悪魔が叫ぶ。

「まだまだ……。そのまま燃え尽きるがいい！　火炎地獄（インフェルノ）！」

マーリンが手をかざすと、その火が、悪魔の足元から勢いよく燃え上がり、その身を焼いていく。

「喰らうがいい！　これが合成魔法、『串刺し公の火刑場（インフェルノガーデン）』よ！」

悪魔は刑場の罪人のように、串刺しにされて燃えていた。

それは、まるで地獄の責め苦の光景のように思えるほど残酷だ。

そして、魔法の効果時間が過ぎると、槍も炎も消え、悪魔は地に倒れ込んだ。

「……な、ぜだ。悪魔たる我が、何故だーー！」

拳を握り、怒りと憎しみの感情なのだろうか、大声をあげて大地を叩く。

「なぜ、ですって？」

そこに、一歩フェルマーが前に出る。

「彼女はただの子供ではありません。太陽の女神ガイアに認められし、現代の『英雄』です」

――ん？　いつ『英雄』になったんだっけ？　しかも魔族だけど？

「……だが、かつての『英雄』とて、我を封印するしか至らなかったはず……」

悪魔が、大地を叩いた拳を支えにして立ち上がろうとする。

そんな悪魔を見下ろしながら、フェルマーがにこりと笑う。

「よくご覧なさい、『怠惰』の悪魔。彼女の周りに、彼女の駒たる英霊(エインヘリャル)がどれほどいるのかを」

そう言われて初めて、悪魔は、自分の周りを見回す。

味方は我が身のみ。すでに湧いて出た魔物は倒されきって一匹もいない。

そして、その周囲には、敵対する人間、魔族、そして、かつての偉大なる英雄たる英霊達(エインヘリャル)に周りを囲まれている。その英霊達(エインヘリャル)には、太陽の神以外にも、様々な高位の存在からの祝福を受けた武器を手にしているのだ。

「我らがマスター、リリス様がおられる限り、この世界には、英雄は一人にあらず。彼女は魔力ある限り、英霊達(エインヘリャル)を喚べるのですから。彼女は一であり百なのです」

そうして、フェルマーが、説明は終わりとばかりに、魔法発動のために両手を掲げる。

「太陽の光に焼き尽くされなさい。天国への門(ヘブンズドア)」

彼女がそう告げると、彼女の背後のさらに上に、神々しいばかりの黄金で飾られた門が顕現する。

そして、観音開きの扉が徐々に開かれて、隙間からまるで太陽のように直視不能なほどの光が漏れ出す。

「焼き尽くされなさい！　『怠惰』の悪魔！」

フェルマーが叫ぶと、その扉が完全に開いて、扉いっぱいの光が悪魔目掛けて容赦なく降り注ぐ。

光は、光源だけではない。熱というエネルギーを併せ持つものだ。その太陽そのもののような熱が、悪魔を焼いていく。

「ギャァアアア！」

私達は、あまりの眩しさにその光景を直視することは叶わず、ただ、肉の焼ける匂いだけを感じていた。

悪魔を焼く光が細くなり、その天に浮く扉が徐々に閉じていって消えていく。

残された悪魔を見ると、まともに光を受けた面半分の表皮が焼け焦げている。

私はフェルマーの元に駆け寄っていく。

「あくま、しんだ？」

フェルマーを見上げて尋ねると、彼女は私を抱きあげてくれた。

「多分、まだ……」

そう、フェルマーが言いかけた時。

「……死んでなどないわ。我は、この世界の理では、この世界の神剣で『心臓』を貫くことでしか殺せない」

そう言って、焼け焦げた悪魔が動いて語った。

「……あなた、バカァ？」

ぎゅっと聖杖を抱きしめながら、思わず聞いてしまった。

「は？」

眉間に皺を寄せて聞き返してくる、悪魔。

「なぜ、てきの、わたちに、じゃくてん、おしえちゃうの？」

うん、本気でこいつは馬鹿なのだろうかと思ったのだ。

自分の殺し方を教える者は普通いない。

勿論、圧倒的に彼のほうが強くて寄せ付けないほどの強さの場合は別だけれど。

だが、今、決定打は与えられないにしても、散々痛い目に遭わされたところではないか。

そこに、自分の殺し方を教える？

ありえない、と思った。

「その聖剣は、もはや剣の形状をしていない。それでどうやって我が心臓を穿つのだ？　そして、かつての英雄が、なぜ心臓ではなく腹を刺して封印するのみにとどまったのか……、心臓はここにあるとは限らないだろう？」

そこまでいうと、自らの左胸を指差してニタリと笑う。

「フェルマー」

彼女にこっそりと耳打ちする。やっぱりあの人お馬鹿さん？　って。

そうすると、フェルマーは困ったように苦笑した。

「あれ、でもどうやって……、これでさしゅんだろう？」

形状は完全に杖。鋭利な刃物など、どこにもなかった。

私こそがおバカさんだったのだろうか？

そんなことを考えていると、不意に誰かに首根っこを掴まれて、吊し上げられてしまった。

「えっ！」

フェルマーも私も、戦力を削げたと思っていた悪魔が目の前に来ていたことに驚愕して目を見開く。

私を捕らえたのは、悪魔だった。

「マスター！」

英霊達(エインヘリャル)が叫ぶ。

「こんなちびっ子がどうやって俺の心臓を刺すというんだ。そして、俺の心臓はここにはないぞ」

そんな中、悪魔は私を吊るしながらゲラゲラ笑う。そして再び、挑発するかのように空いた手で自分の左胸を指差して見せるのだ。

首が苦しい。

でも、それよりも！

「ちび、って、ゆーな！」

そっちが許せなくて蹴り飛ばそうとしても、足が短くて届かない。悔しい。

「マスターを離せ！」

弓使いのエルフ、エルサリオンが私の首の服の布地に矢を命中させて、私は悪魔の手を離れ、宙に浮く。

そこをすかさず割って入ってきた、マーリンが私を受け止め、そのまま、地を蹴る勢いで急いでその場を飛び去った。

それを見て、フェルマーも、位置をずらして安全を図る。

「マーリン、エルサリオン、ありがとうございましゅ」

お礼を言うと、「マスターが無事でよかった」そう言って、ぎゅっと抱きしめてくれた。

皆に大切にされているようで、とても嬉しかった。


――って、余韻に浸っている場合じゃない。


英霊達（エインヘリヤル）は、一時とはいえ私を捕らえた悪魔に怒りを覚えた者が多かったらしく、再び、矢が飛び交い、剣戟の音が響き、魔法が炸裂する音がする。

けれど、それが決定打にならないとすると、どうしたらいいんだろう。

心臓が、左胸にない。

ちらっと見たら、エルサリオンの矢が眉間に突き刺さっていたから、多分あそこでもないのだろう。


――あ。


「わたちと、おなじ？」

私が呟くと、マーリンが、「どういうことでしょう？」と聞き返してくる。

「しんぞうが、みぎにあるってことかも……！」

そう、私と同じように！

「……確かに、その可能性は高いですね」

ふむ、とマーリンが他の英霊（エインヘリャル）達の戦っている姿を見る。

後は、どうしたら、刺し貫けるのか。

すると、再び頭の中で声がした。

『リリス。それは仕込み杖です。よく見ると境目があるはず。鞘を抜いてみなさい』

杖に見えている棒の部分を、よーく目を凝らして見てみる。すると、確かにうっすら境目があるのが見えた。

引っ張ってみても、それは単純に引き抜けなかった。

その様子を見ていたマーリンがフォローしてくれた。

「捻ってみては？」

その言葉に、うん、と頷きながら、私はその鞘であるという部分を捻ってみる。

すると、カチリ、と音がして、金属が顔を覗かせた。

「マーリン！」

「マスター！」

二人で顔を見合わせて頷き合う。

「マスターはお力がない。ですから、私が補助しましょう。隙を見て急接近して、奴の右胸に飛び込みます。マスターは、その刃で、奴の胸を突き刺すのです！」

マーリンの提案によって、悪魔の懐に入り込む隙を探ることにした。

私の読みが正しければ、狙うべきは『右胸』。

安全にやるには、まず相手の動きを封じなくちゃ……。

そうだ、矢！

エルサリオンの矢に射抜けぬ物はない。岩ですら刺し貫くのだ。

だったらその矢で、手足全てを壁に打ち付けて、動きを封じて仕舞えばいい！

「エリュサリオン！　あいちゅの、うごきを、ふーじて！　あの、かべに！」

私はそう叫んで、悪魔の背後にある岩壁を指差してエルサリオンに指示をする。

「マスター！　承知しました！」

名前を噛んでしまったけれど、当人は認識してくれたらしい。ごめんね。

「ガレス！　奴を壁際まで押しやってくれ！」

エルサリオンが、力のある戦士ガレスに指示をする。

「承知！」

悪魔が、アスタロトやアグリッパ達魔導師の魔法に翻弄されている間に、その魔法の炎すら意に介さず、ガレスは、悪魔に体当たりすべく特攻していく。

そんな彼を回復しようと、フェルマーが彼に回復魔法を施す。

ガレスは走り、攻撃を躱し、そして。

ズドオォン！

ガレスが、悪魔に頭から体当たりする。

そして、その勢いで、悪魔の体が後退して、壁に背を打ち付ける。

「グハァッ！」

悪魔が呻き声をあげる。

「今だ！」

ガレスの声を合図に、エルサリオンが矢を射掛ける。

両の手、両の足、そして、首。

四肢を縫い止め、動けなくする。

「フェルマー！　私とマスターに障壁を！　マスター、行きますよ！」

「わかったわ！　物理障壁！　魔法障壁！」

私を抱いて駆け出すマーリンが指示し、フェルマーが応える。悪魔に向かって走る私達の周りに、厚い障壁が展開された。

「何をバカなことを！　それは所詮杖……」

悪魔は言いかけて、言葉を失う。

それは、私が手に握る物が、刃物の光を持っていたからだ。

手足を穿たれていても、悪魔はせめてもの抵抗として、魔法を放ってくる。

しかし、そのいずれもが、フェルマーの厚い魔法障壁に阻まれて、私達を傷つけることは叶わない。

そして。

「マスター。肋の下のほうから、斜め上に、差し込んでください」

マーリンが、私の聖杖を逆に握る手を包み込む。そして、私は、マーリンに耳打ちされたとおり、右胸目掛けて、下から刃の切っ先を差し込む。

そして、ドン！　と、マーリンはそのまま体当たりをするようにして、悪魔の右胸に、深く、聖杖の刃を突き刺した。

私は、悪魔とマーリンの間に挟まれながら、上目でチラリと悪魔の顔を見上げる。

その顔は驚愕、ただその心情だけを表わしていた。

——当たりだ。

そう思って、私はニヤリと笑う。

そして、それが正解だと答えるかのように、胸を穿った刃から、眩しいくらいの光が溢れてくる。

「ギャアアアアア！　なぜわかったァ！」

悪魔が叫ぶ。

「……ひだりじゃないなら、みぎ。そういうヒトはいりゅわ。……わたち、とおなじよ」

淡々とただ刃を差し込みながら、私は悪魔に答える。

「だったらぁッ！」

せめてもと、空間が魔法で生み出した石杭で、私の右胸を穿とうとするが、それはあっけなくフェルマーの障壁によって粉々に砕け散った。

パラパラと地面に落ちていく石片の音が虚しさを煽る。

そして、その切片に、黒い煤が混じり始める。

悪魔の体だ。

刃で貫いた胸を中心に、悪魔の体が崩壊を始める。

まず右胸が空洞になり。

その体がどんどん煤と化して、地に落ちていくたびに、その空洞が拡大してゆく。

『ありがとう、マスター。フォルトナーの新たな英雄よ』

頭の中に、長年の使命をやっと果たせた聖杖の、喜びと感謝の想いがダイレクトに伝わってくる。


——あなたも、お疲れ様。


この聖杖、いや聖剣には意思がある。ならば長い間、封じている悪魔を滅ぼすこと叶わず、ただただ、長きにわたって封印することしか出来ない。しかも、敵対する月の神の横槍により、日食の時には力を奪われ、封印すら、邪魔をされる。

どれだけ悔しかったことだろう。

そんなことを考えているうちに、悪魔の体は全て黒い煤となり、少しずつ、少しずつ風に煽られ、消えていく。やがて、その体を形成していた全てが、この世から消え去ったのだ。

「マスター……」

マーリンが、私を姫抱きに抱き直して、頬擦りをする。

「マーリン、ありがとう」

私は、ぎゅううううっとマーリンの首に腕を絡めてしがみつく。

しばらくそうして抱擁を交わした後、私は、マーリンから体を離して、辺りを見回す。

私が喚んだ英霊達(エインヘリャル)、お父様と兄様達、この国の兵士達、そして、魔族ながら協力してくれたアスタロト。

みんなを見回してから、すーっと息を吸って、私は大きな声を出す。

「みんな！　ありがとう！　みんなのおかげで、わざわいは、しゃったわ！」

その終戦と感謝の言葉に、歓声が上がる。

「姫様、万歳！」

「もう、『災厄』を恐れなくてもいいんだ！」

城中が、歓喜の声で埋め尽くされたのだった。


私達が、勝利に酔っていた時。

ふ、と、空を見上げて、夜を照らしてくれる月はもうなくなってしまったのだと思うと、悲しくなった。

『あなたが、それを悲しんでくれるのですか？』

そう頭の中に声が響いた。

そして、長く美しい金髪の、ローブ姿に黄金の冠を戴いた女性が半分透けた姿で現れた。

その女性が、口を開く。

「ガイアス、いるのでしょう。出ていらっしゃい」

この世界のどこに、というよりも、この世界のありとあらゆるところに語りかけるかのように、空を見回しながら、女性は語りかける。

すると、ゆらり、と影が彼女の側に生まれた。

よく見るとそれは、長い黒髪に赤い瞳の禍々しさを感じる男性の姿だった。

「姉さん、見てよ。僕は、こんな醜い姿になってしまったよ……」

悲しげに、その男性が嘆く。

その彼に彼女が一歩近づき、そして、その頬に触れる。

「銀の髪に蒼い目……。貴方はあんなに美しかったのに」

女性も、そう呟いて嘆く。

女性が『ガイアス』と呼び、その彼が『姉さん』と呼ぶ。

ということは……。

「ガイアさまと、ガイアスさま……」

私がそう呟くと、彼らが私のほうに振り向く。

「そうです。……この地に住まう者達には、長く迷惑をかけました」

ガイア神が、その場にいる全員に謝罪する。

「私が人だけを愛し、そんな教義を、私を信奉してくれる者達に伝え続けたために、歪んだ国を作り、歪んだ行為に走らせてしまった……。その結果、私自身が邪神に堕とされるなど、滑稽だな」

ガイアス神は、自分の考えの愚かさとその結末を自嘲気味に語る。

「つきは。あのよぞらをてらす、あのつきは。……もどらないのでしゅか？」

私が、彼らの謝罪の言葉を置いておいても、ただ、それが寂しいのだと彼らに伝えた。

「月は其方の土地を苦しめた。それでも、其方は、私が天にあることを愛しんでくれていたのかい？」

ガイアス様が、しゃがみこんで、私に目線を合わせる。

「はい。つきがないと、たびのひとも、こまりましゅ」

私は、頷いてそう答えた。

私達は、確かに、日食の日に苦しんできた。

そして、月がない、星空だけの暗い夜も好きだ。

でも、夜空を照らし、夜の安心を与えてくれる月も好きだった。

だから、そう伝えたのだ。

「優しい子だね。……こんなになった私にも、まだそう言ってくれるような子がいれば。そうだね、やけにならずに、また、一からやり直そうと思えるよ。……姉さん」

ガイアス神が、私の頬を優しく撫でてから、立ち上がる。

「僕は、僕の写身であるはずの貴女だけを愛していた。そして、貴女だけに見ていてほしかった。けれど、僕は何をしても貴女には敵わなかった。……それ故に、貴女に振り向いてもらおうと、誤った選択をした。でも、それは誤りだった」

ガイアス神が、ガイア神に告げる。

「やり直す、決心がついたのね？」

ガイア神が、ガイアス神に問う。

「うん、僕を殺して、産み直してほしい。僕は、僕を愛してくれるあの子がいるなら、堕ちた姿ではなく、元のあるべき美しかった神の姿に戻りたい」

そう言うと、ガイアス神が、私を見下ろして微笑んだ。

「その聖杖を貸してくれる？」

そう言って、ガイア神が、私に片手を差し伸べる。

私は、ずっと握りしめていた聖杖をガイア神に手渡した。

「ありがとう。……これで、貴方をなかったことにします」

そう言うと、二柱の神々は微笑みあって、そして、ガイア神が、ガイアス神をその刃で貫く。

すると、その差し貫かれた胸から、ガイアス神の姿が消えていく。

ガイア神の手から聖杖が離れ、カランと音を立てて地に落ちる。

そして、最後に、ストンと、ガイアス神が纏っていた衣だけが残った。

「えっ！」

見守る者達全てがその光景に驚きの声を上げた。

姉神が、弟神を殺したのだ。

「ガイア、しゃま……」

ガイア神の頬に涙が伝う。

「ガイアしゃま、だいじょぶ……?」

私は、心配になって、ガイア神の衣の裾を握る。

そんな私に微笑んで、しゃがみこんで、目を合わせてくれる。

「優しい子。悲しいのは、彼が一度死ぬことで、今まで築き上げた思い出が、彼の記憶がなくなってしまったから。……でもね。見て」

そう言われて見ると、ガイア神が指し示す、ガイアス神が残した衣の中から、小さな泣き声がしたのだ。

「ふぇぇぇ……」

そこには、銀の髪と青い瞳を持つ、赤子がいた。

ガイア神は、そっとその赤子を抱き寄せる。そして、愛おしげに頬擦りをした。

そして、立ち上がる。

「私達姉弟の諍いで、ご迷惑をおかけしました。この子は私を愛するが故に、その対抗心なのか……、誤った方向へ行ってしまいました。……今度こそは、生まれ変わったこの子を、健やかな心を持った神に育てます」

そう言うと、ガイア神もガイアス神も、消えてしまった。

私は、空を見上げる。

精神年齢でもまだ十五歳の私には、その愛憎の深さはわからない。それでも、今度こそ、女神様の願う通りの結果になったら良いな、と。そう願う。

戦いが長引き、もうすっかり夕方に差し掛かろうとしている。

そんな空に、小さな月が、沈もうとする太陽を追いかけるかのように、浮かんでいた。

第十二章　慰労と戦勝会

この世界に根付いていた災いは去った。

壊れてしまった砦の修復や諸々の雑事はあるけれど、もう、夕日が赤く染まっている。

お父様は、これまで我が家が抱えてきた『災厄』が、スッキリと解決してとてもご機嫌で。

英霊（エインヘリヤル）も、魔族も、人も、どんな差もなく、この難事を一緒に乗り越えてくれた方達に、まずは、自慢の広い温泉で体を休めていただくことと、その後、戦勝会をしようと宣言した。


そうして、私は、女湯で、フェルマーとアスタロト、その他、回復師さんや聖女、魔術師の女性達とお湯を楽しんでいた。

普通の家だと、王族ですら広くいつでも入れる浴槽なんて自宅に持っていない。

狭い浴槽に、沸かしたお湯を注いで、湯浴みをするのが一般的だ。

だから、一緒に入った女性達は、まず、この浴槽の広さを見て歓喜の声を上げ、そして、湯に浸かって、その湯の効能を口々に褒めそやしていた。

特に、お肌がつるっつるになるのは、とても嬉しそうだ。

アスタロトはうちの温泉に入るのは二度目なのだけれど、二度も体感したからなのか、真面目に魔族領の城にも作ろうかと考え込んでいた。

ちなみにうちの温泉は、カイン兄様の精霊達が協力して作った物だ。

水の精霊が源泉のある場所を探し、そして、土の精霊達が掘った物。

後は、フォルトナー王国の職人達が、大きな浴場を作り上げて、湯を引き入れている。

ちなみに、うちの温泉は本当に広い。

それこそ、端から端までしっかり泳げてしまうくらいには広いのだ。

だから私は、今は女性陣に囲まれているけれど、今日こそ泳ごう！　と企んでいた。

「それにしても、アスタロト様は本当にお肌も綺麗ですし、スタイルも良くて羨ましいですわ」

フェルマーが、素直に彼女の美しさを称賛した。

「あら？」

言われて、逆にアスタロトが首を傾げる。

「フェルマー様こそ、普段はゆったりとしたローブでわかりませんでしたけれど、お胸も大きくてらっしゃって……、意外でしたわ」

女性陣は、なかなか裸を見合う、ということは普段ないので、お互いにその美しさや肌のキメの良さなどを褒め合っていた。

——うん、今がチャンスかしらね！

私は、泳ぐ隙を狙って、そろそろと、集団になっている場所をそーっと離れていく。

そして。

やった！

私は、パシャパシャと泳ぐことに成功したのだ！

「あっ！　リリスちゃんったら！」

「マスター！　お行儀が悪いですよ！」

「幼いとはいえ、はしたないですよ～」

私がおこす水飛沫とそれによる水音に気がついた、アスタロトや、英霊達(エインヘリヤル)が私を嗜める。

やめるわけにはいかないわ！

やっと念願かなって泳げたんだから……、と思っていたら、あっさりと立ち上がって歩いてきたアスタロトにお腹あたりを捕獲されて、お湯から引き上げられてしまった。

「やぁよ～！　およぐの～！」

私は手足をバタバタさせて、せめてもの抵抗をする。

「全く、十五歳だったはずなのに、すっかり外見に中身も引きずられちゃって……」

アスタロトがため息混じりに言うと、フェルマーも同意見なのか、苦笑している。

「そんなに楽しいことに飢えているなら、みんなで洗いっこして楽しまない？」

ジタバタさせていた手足を私は止める。

だって、『洗いっこ』！　なんか、とっても楽しそうな響きだわ！

「うん！　やりゅ！　あらいっこ！」

私が大人しくなったので、アスタロトに下ろされ、そして私は顔を上げて、彼女の案に賛成する。

ワクワクして、楽しそうなことに、両手が思わず握り拳になってしまう。

アスタロトは、仕方がないなあって感じの顔をして、笑っていた。

そうして、私達は椅子に並んで腰掛けて、背中の洗いっこをする。

私は先頭で、アスタロトに洗われるのみだ。

「やっぱり、リリスちゃんは可愛いの権化よね～」

私の髪の毛をあわあわにして、長いピンクの髪を頭の上でくるりとされる。

「しょうかしら？」

私自身は、まあ、確かに可愛いと思うのだけれど、そこまでとは思えない。

子供時代に、『災厄』やなんだかんだで、子供の頃から戦闘要員であり、『強さ』を褒められても、『可愛さ』をほめそやされたことがないからだ。

「そうですよ！　英霊達(エインヘリヤル)は皆、元々マスターを尊敬していましたが、今では、それに加えてその愛らしさに、惹かれずにはいられませんから！」

今度はフェルマーが力説してきた。

そして、たっぷりに泡立てたアスタロトの手で、体を満遍なく洗われる。

「辺境伯の家に生まれてきたせいで、根は真面目で苦労性なのよね。せっかく子供に戻ったんだし、実家の問題も解決。だったら、素直に子供らしく愛されていなさい」

アスタロトはそう言うと、私を振り向かせて、鼻の上にちょこんと泡を載せた。

「あー！　なに、しゅるの！」

私とアスタロトは立ち上がって、洗い場を追いかけっこする。

「あのお鼻、見て。マスター、可愛いわ！」

そんな光景を、英霊達が微笑ましげに見守っていた。

そうそう。ちなみに男湯。

カイン兄様と、湯上がりのところに鉢合わせたので様子を聞いたら、激混みな上に、男同士の筋肉自慢、称賛で盛り上がって、暑苦しかったらしい……。

温泉から上がった後、戦勝会向けの着付けと髪のセットをするのだと言って、侍女に捕まった。

そういうわけで、私は今、自室の鏡台の前に座らされて、大人しく待っている。


——あれ？


侍女が、衣装棚から取り出してきたのは、見覚えのないドレスだった。

しかも、真っ白で、ふわふわレースで、一目でとても豪奢だとわかる物だった。

それに、真っ白なドレスなんて、シミでもつけようものなら、二度と着られない。そういう意味でも、とても贅沢な品だ。

「しょれ、どうしたの？」

だから、不思議に思って侍女に尋ねてみた。

すると、侍女が、にこりと笑って、答えてくれた。

「お父様が、アスタロト様に姫様のサイズをお伺いして、こっそり誂えたそうですよ」

「おとーしゃまが」

侍女の返答に、驚いて、一瞬きょとんと思考が止まってしまった。

今まで、お父様がこんな洒落た物を私に与えてくださったことなどなかったから、びっくりしてしまった。

たくさん付いている、小さなボタン一つ一つも繊細で、花の形を模していて、愛らしい。

それを全て止め終えると、鏡台の前に座らされる。

「お髪も、今日は特別に仕上げますよ」

そう言いながら、私の髪に香油を塗って、私のピンク色の髪に、艶としなやかさを与える。

「とくべつって、どーしゅるの？」

侍女に尋ねると、サイドの髪を編み込む手は止めないままで、答えてくれる。

「髪をたくさん編み込んで、アップスタイルにするんです」

私は最近四歳程度の姿になってしまったので、最近ではそんな大人っぽい髪型にしたことはない。

「めずらしいこと、すりゅのね」

私が首を傾げると、侍女は何かを知っているのか、くすりと、ただ笑っていた。

そうして、支度が整うと、私の部屋の外で、カイン兄様が待っていた。

「姫君のエスコート役を仰せつかってね」

ちょっと演技っぽく、胸に手を添えて、一礼する。そして、しゃがみ込んでから私を抱き上げた。

「とは言っても、我が姫君は幼い容姿でいらっしゃるから、これで行きましょう」

片腕に抱っこされた姿で、廊下を通り、私達は、戦勝会の会場の大広間に向かう。


大広間の入口に到着すると、騎士達が左右の扉をそれぞれ開けて、私達が到着したことを高らかに広間中に伝える。

「カイン第二王子殿下、リリス第一王女殿下のおなりです！」

すると、会場で待っていたゲスト達がわっ！ と歓声で沸く。

ゲスト達は、貴族や、『災厄』で活躍した英霊（エインヘリャル）も騎士達もいる。

あれ、でも、アスタロトがいないな……。

私が疑問に思って彼女を探していると、わあっと声がする。

「精霊に愛されし、我らが王子！」

「救世の英雄姫だ！」

ちょっと恥ずかしい呼称で呼ぶ声までする。

それと、そうね。

私は一国の姫で、カイン兄様は王子様になったのよね。

独立したとはいえ、人々の生活の基盤を整えたり、『災厄』と対峙したりで、そんなことを味わう余裕もなく過ごしていたことに、今頃気がついた。

私達が、一段高い王家のために設けられた場所までたどり着くと、今度は、アベル兄様が入口に姿を現した。

「アベル第一王子殿下のおなりです！」

その声とともに、アベル兄様は、気恥ずかしげに、でも堂々とゆっくり赤いカーペットの上を歩いてきて、私達の隣に並んだ。

そして。

大広間の入口に現れたお父様の隣に、アスタロトがいた。


――え！


「皆様！　我らが国王陛下に祝福を！　陛下は、魔族領の四天王であらせられる才媛、アスタロト様に婚約の申し込みをされ、ご承諾いただいたとのことです！」

アスタロトが、上品に淑女の礼を執る。

わあぁぁっ！

あちこちから歓声が上がる。

「人と魔族の融和に万歳！」

「国王陛下、ご婚約おめでとうございます！」

そんな中、兄様達が、私に耳打ちしてくる。

「ね、リリス聞いていた？」

兄様達に尋ねられて、私はぶんぶんと首を横に振った。

びーーーーっくりだわ！　全く、いつの間に！

すると、お父様が、みんなに向けて語り始める。

「私は、前の妻を早くに亡くし、その後、妻は娶ろうとは思わなかった。だが、強く、美しく、賢いアスタロト殿に出会って、共に生き、寄り添ってほしいと。そう願った。……我が子達よ、勝手に決めて済まん。だが、どうか認めてほしい」

そうね。お父様は、早いうちに私達のお母様を亡くして、独り身で、この地を守るために戦いに明け暮れてきた。でも、もう、この土地に『災厄』はこない。

立派にお務めをこなされてきたんだから、そういう人を迎えてもいいと思った。

それに、お相手は私が大好きなアスタロトなんだもの！

だから。

「とーしゃま。おめれとー、ございましゅ！」

私が言うと、兄様達が続く。

「おめでとうございます！」

「おめでとうございます。アスタロト様、父をよろしくお願いいたします」

私達の言葉に、ほっとしたように、二人は顔を見合わせて笑みを浮かべ、そして、私達のいる壇上まで歩いてきた。

そして、壇上に到着したお父様が、まず、皆に告げる。

「祝宴の前に、丁度皆が祝いに来てくれている場だ。折角なので、略式ではあるが、戴冠式を行いたいと思う。皆には、それを見守っていただきたい」

そういえば、私達の国、独立したのに、戴冠式もしていなかったから、お父様の頭上に、国王の冠はない。

すると、ガイア教の法皇猊下が歩いて来られ、それに付き添うように、車輪付きのテーブルに、冠を幾つか載せた物を、司祭が運んでくる。

彼らはようやくガイアス教の弾圧から解放され、お父様によって我がフォルトナー王国の国教とされたのだ。

「フォルトナー王家の皆様。この大陸に住まう全ての者達の安寧のために、本当にご苦労様でした。まさに、あなた方こそ、この国を統べるにふさわしいでしょう」

そう言うと、猊下はまず、一番立派な王冠を両手で恭しく持ち上げる。

「ダリウス・フォン・フォルトナー。ここへ」

そう猊下が告げると、猊下の前に、お父様が膝を突いて首を垂れる。

「ダリウス・フォン・フォルトナー。其方を、フォルトナー王家の国王として認め、祝福する」

お父様の頭に、王冠が載せられると、しぃんとしていた広間から、祝福の声が湧き上がる。

その王冠の中央に飾られたのは、大きく見事なダイアモンド。

アスタロトが、私と共に初めてこの地を訪れた時に、彼女から贈られた物だ。

そして、次は兄様達。

「アベル・フォン・フォルトナー」

猊下に呼ばれ、アベル兄様がお父様に替わって猊下の前に跪く。

「其方を、フォルトナー王家の王太子と認め、ここに祝福する」

猊下の手で、王太子の冠が頭に載せられて、再び祝福の声が上がる。

「カイン・フォン・フォルトナー」

次は、カイン兄様の番。

「其方を、フォルトナー王家の王子と認める。父と兄を助け、良い治世の助けとならんことを祈る」

「ありがとうございます」

カイン兄様が応えると、王子の冠が載せられる。

そうして、私の番がやってきた。

テーブルに残ったのは小さく繊細な細工が施されたティアラだった。

小さな星屑のようなダイアモンドが幾つも嵌められていて、とても可愛らしい逸品だ。

「リリス・フォン・フォルトナー」

「はい」

私は、猊下の前で、ドレスの裾を摘み、屈んで頭を下げる。

「リリス姫。姫にして救世の英雄よ。これからも、父と兄を助け、種族による隔てのない融和に尽力してくれることを願う」

　そうして、私の頭に、小さなティアラが載せられた。

「アスタロト殿。陛下と貴女の結婚式には、ぜひその美しいお髪の上に、王妃のティアラを載せる栄誉をいただきたい」

「ありがとうございます。猊下」

　最後に、猊下がアスタロトと言葉を交わして、戴冠式は終了した。


　その後は、飲めや歌えや踊れやの宴会だ。

　英霊達（エインヘリャル）は、食べる必要はないらしくて、大抵がお酒を楽しんでいた。

　兄様達は、難しい辺境の息子達ということもあって、なかなか良い縁談もなかったというのに、手のひらを返したように、娘を推薦したがる貴族達に囲まれていた。

　そんな喧騒の中、ふわっとベランダのほうから優しい風が吹いてきて、私は、そちらに目線をやる。

　すると、夜空に、小さな月が煌々と輝いていて。

　私達への祝福と、感謝と。

　そんな気持ちを、新たに生まれなおしたガイアス様から贈られているような、そんな温かな気持ちになった。


　突然のお父様とアスタロトの婚約発表もあって、我が家は大騒ぎだ。

ちなみに、魔王陛下には先に了承を得ていたというから、そちらは用意周到だ。仕事の出来るアスタロトらしい。

そんな中、私達兄妹三人は、居間で相談をしていた。

二人の結婚祝いの品についてだ。

「アスタロトさんなら、どんな宝飾品でもつけこなせてみせそうだよなあ」

まず、アベル兄様が、オーソドックスな品を挙げる。

「でも、魔族の四天王ですよ？　すでに欲しければ持っていそうですよね……」

その案に、難色を示すカイン兄様。

「たちかに、おしゃれだしなあ……」

三人で、うーん、と頭を抱え込んでしまう。

そんな時、私の頭にパッと閃いた物があった。

「おんしぇん！　あっちにも、おんせん、ほしいっていってた！」

私が、パッと顔を上げてそう言うと、カイン兄様が首を捻りつつ私に聞き返す。

「あっちに、って、魔族領にということかい？」

カイン兄様の問いに、うんうん、と私は首を縦に振る。

「まあ、あれはかなりの贅沢品だし、一度入ると、また……、とは思うよな」

アベル兄様も、同意する。

ここで、不思議に思うかもしれないけれど、アスタロトとお父様は、遠距離結婚という、未だかつてない斬新な結婚をするらしい。

私と同じく、アスタロトも魔族の四天王の位を預かる身。そちらの公務もあるし、フォルトナー家の公務にも参加する。

というわけで、自前で持っている飛竜を飛ばして、アスタロトが通い婚をすることになっているのだそうだ。

だから、魔族領にも温泉があれば、こちらでもあちらでも温泉をいつでも楽しめる……、と、そういうことになるのだ。

「ふむ。そうすると、二人へ、というよりは、新しい義母上への贈り物ということで、魔族領のどこかに温泉を造らせていただくか……」

ふむふむ、とカイン兄様が唸っていると思ったら、その段取りを考えていたらしい。

「リリス。一緒に行って、魔王陛下に、このことのご相談と許可をいただきに行こうか？」

顔を上げたと思ったら、私にそう提案してきた。

——私一人でお願いしに行くよりも、カイン兄様がいたほうが説明上手よね。

それに私、噛むしね……。

「うん！　いっしょに、おねがいしよう！」

私とカイン兄様は、顔を見合わせて、うん、と仲良く頷く。

決定ね！

そんな中、アベル兄様が一人浮いてしまった。

と言っても、あまりめげる様子もなくて。

「じゃあ、父上の隣の部屋。……亡くなった母上の部屋を、ガラリと模様替えする役を担当しようかな」

「「……」」

私と、カイン兄様は、一瞬黙ってしまった。

私達三人を産んでくださったお母様が亡くなってから、そのままにしてあった部屋。けれど、正式な夫人として迎えるならば、その部屋をアスタロトの部屋に変えなければならない。

「……しょうだね」

「そうだね。アスタロト様は、母上とは全く違うタイプの女性だ。思いっきり変えて差し上げるといい」

そうして、兄妹三人で頷きあった。

魔族領の魔王陛下には、カイン兄様の小鳥型の精霊さんに飛んでもらって、先に連絡をしてもらった。

そうして、魔王陛下に許可をいただいた日、私とカイン兄様は、ニーズヘッグに乗って、魔族領へ飛んだ。

そして、いつものように魔王城の屋上に着地する。カイン兄様が私を抱いて、小さくなったニーズヘッグは案内役の侍女さんが抱っこして、客間に案内してくれた。

「この度は、我が国に、四天王でもあらせられるアスタロト様を、父の王妃にいただけるとのこと、ありがとうございます」

まず、カイン兄様が、アスタロトをうちにお嫁にいただくことについてのお礼を述べた。まあ、王妃と言っても前代未聞の二足の草鞋の王妃様だけれど。

すると、陛下が、意外にも微妙な顔をしながら、口を開く。

「……いや、礼を言うのはむしろこちらかもしれん。アスタロトは仕事一筋というか、男に関してはめっきり興味なしでな。私としても、少々驚いているところだ」

そんなこと言われちゃうと、うちのお父様ってもう四十歳前後のいい歳をしているから、どこが良かったんだろう？　と首を傾げてしまう。

同じことを思ったのか、カイン兄様がそれを口にした。

「うちの父は既に四十歳になろうかという歳。見目麗しいアスタロト様が、父のどこがいいと思ったのかが、不思議です……」

それを言うと、陛下は、それには自然に笑って答えた。

「魔族は長く生きるのでな。人間に惚れるのであれば、見た目の若さだけでは物足りないのだよ。経験やそれまでの生き方、そういうところが優れている者と寄り添いたくなるものだ。それと、いざ伴侶を魔族化したくなれば、見た目の年齢は調整出来るのでな」

そういえば、私が間違って幼女化されてしまった時に、孔雀（アドラメレク）は「若くするのが常」と言っていたわね。

「ああそうだ。其方達が作りたいと伝えてきた、『温泉』という物は、ある程度身分のある者には共同で使えるようにしたいのだが、構わないだろうか？」

その言葉に私達兄妹は顔を見合わせる。

「多分、アスタロト様も独り占めなさろうとは、されないと思います。あれは、人と共に語らいながら入るのが良い物ですから」

そう、カイン兄様が伝えると、陛下も温泉に興味があったのか、嬉しそうな顔をしていた。

ドワーフを中心とした技師達も呼んで、具体的な設計の話をする。

当然、男湯と、女湯の二つを作る。

城の屋内には、大きな浴槽を設けるほどの場所はないとのことで、新たに渡り廊下を経て別館的な温泉のための建物を一棟建ててしまおうということになった。

必要な大きさや、設計は、以前うちの城で作った時の物があるので、魔族領の技師さんには、それを見て、先に、建物作りに着手してもらう。

そうしている間に、精霊さんの力で、魔族領で温泉が湧く場所を探そうということになった。

出来れば、結婚式までには完成させたいので、技師さん達からすると、なかなかの大急ぎの仕事である。

でも、お父様とアスタロトの結婚が、さらに二国間の融和を進めるだろう、と言って、喜んで引き受けてくれた。

そうして、工事も始まり、私達はニーズヘッグに乗って、源泉探しに出かけることになった。

「召喚（サモン）、ウンディーネ」

ニーズヘッグの上で、カイン兄様が命じると、一人の水のドレスを纏った少女が現れる。

「マスター。ご用向きをお聞かせください」

今日喚ばれた子は礼儀正しい子のようで、恭しくお辞儀をした。

「この魔族領の中で、温泉の源泉を探したいんだ。探ってくれるかな」

首を傾けながら、精霊の女の子に優しくお願いするカイン兄様。

「竜よ。少し、進むのを止めてくださいませんか？」

ウンディーネが、ニーズヘッグにお願いをする。

動いていると、探しにくいのかしらね？

「うん、わかったよ」

そう言うと、ニーズヘッグは、羽ばたきで高度は維持しながらも、進行するのを止めた。

ウンディーネが、目を閉じて、自らの体を軸にしながら回転する。

そうして、しばらくじっと待っていると、ウンディーネが目を開け、一点を指さした。

魔王城の少し奥の、山間部、その麓だった。

カイン兄様が、ニーズヘッグに指示して、その場所で下ろしてもらう。

「ここかぁ」

「はい」

「じゃあ、召喚(サモン)、ノーム」

ウンディーネが答えると、カイン兄様が頷いて、今度はノームを複数人喚んだ。

「マスター。お呼びで？」

ドワーフを黄色くして、三角帽子を被せたような、土の精霊、ノーム達がお辞儀をする。

「ここにね、温泉の源泉があるらしいんだ。君達に、それを掘削してほしいんだよ」

そう言って、カイン兄様が足元を指さしてみせる。

「なるほどなるほど。では、まず、湯を貯める池と、浴場が完成するまでの間、川に流し捨てる道が必要ですな。皆様は、高台に移動してお待ちください」

そう言うと、ノームが、「掘削！」と叫んで、魔法で地中を掘り進めていく。

その横で、別のノームが、「掘削！」と命じると、土がお椀状に凹んだ。余った土は、掘った池の周りに盛られていた。その後も、近場の川まで、余った湯を流す道を作っている。

——いつ見ても、カイン兄様の精霊達って凄い。

やがて、地中へと掘り進んでいたノームが、「よっし！」と叫ぶ。

その声の少し後に、ドバッと熱湯が吹き出してきた。

これで、温泉のお湯は確保出来た！

後は、魔族領の技師さんが、城への引き込み路を作ったりして、浴場へお湯を引き込んで。

そうして、なんだかんだと日数をかけつつも、黒大理石作りの贅沢な温泉浴場が、魔族領にも完成したのだった。

エピローグ

そうこうして、新しい春の麗らかな日、お父様とアスタロトの結婚式の日がやってきた。

空は柔らかな青空で、雲一つなく、若葉が茂り、ほのかに香る花々が、まるで、新郎新婦を祝福するかのような、そんな良い日だった。

結婚式場は、かつて戦勝式と戴冠式を行った、あの大広間だ。

そこの上段に、今日という日のためにガイア教のシンボルである、小ぶりのガイア神の神像が飾ってある。

「やっと、けっこんしき、だね！」

私は、この日がようやく来たのが嬉しくて仕方がなくて、自室で着付けをしてくれる侍女に、この言葉を何度言ったかわからないくらいだ。

「本当に、姫様は、陛下とアスタロト様の結婚式が嬉しくてならないのですねえ」

私に白いドレスを着付けながら、微笑ましげに笑う。

「そりゃあ、そうよ。アシュタロトは、わたしのおんじんで、だいしゅきなひと、なんだもの」

「そうでしたね」

この経緯も、何度侍女に繰り返したかわからない。

勇者に裏切られて倒れていたところを、アスタロトに助けてもらって、それが縁で魔族になって。

アスタロトは、私の衣装やら、魔族領での生活をするにあたって、甲斐甲斐しく面倒を見てくれた。

だから、そんな大切な友人がお父様の伴侶になるのが、とても嬉しくてならないのだ。

「ほら、おしゃべりばかりなさらないで、お髪を整えますよ！」

そんな落ち着きのない私は、侍女に嗜められてしまい、大人しく鏡台の前に腰を下ろす。

いつものツインテールに、白いリボンを結って、リボンで出来たお花の髪飾りを差し込む。

「リリス、準備は出来たかい？」

部屋の扉がノックされて、外から私を呼ぶカイン兄様の声がする。

「あい！」

私が返事をすると、扉を開けて、正装したカイン兄様が部屋に入ってくる。

「迎えに来たよ。さあ、行こう」

ひょいっと、だっこをされる。そして、二人で、会場である大広間に向かった。

「うわぁぁ！　きれい！」

大広間の大きなガラス窓からは、春の暖かな日差しが差し込み、今日という日を祝福するかのようだ。

そして、各テーブルに用意してあるガラスのグラスに光が当たり、きらきらと輝く。

広間は、光沢のある白を基調にした布で飾られ、中央には、赤いカーペットが真っ直ぐに敷かれている。

もう、既に招待客もほとんど集まっているようだ。そして、その中には、見慣れた魔王陛下に、四天王の二人も臨席していた。

花婿と花嫁を祝福する声が聞こえる。

既に、上段中央には、法皇猊下が控えていらっしゃった。

私は、兄様に連れられて、親族席に向かう。

そうして、新郎と新婦の入場を知らせる声が聞こえる。

大広間が、わあっと、華やいだ祝いの声で賑わう。

楽団により音楽が奏でられ、カイン兄様が喚んだ妖精達が、二人の周りに小花を散らしてゆく。花嫁の髪色の紫と、花嫁を象徴する白だ。

そうして、お父様がアスタロトをエスコートしながら、赤いカーペットの上をゆっくり歩いてくる。

二人は、時折顔を見合わせて、とても幸せそうだ。

新郎新婦が法王猊下の元へ到着すると、場がしんとする。

法皇猊下が、神への祈りを始めたからである。

お父様とアスタロトの名前が混じった祝詞を唱え、新郎新婦に祝福を与える。

そして、いよいよだ。

「ダリウス・フォン・フォルトナー。汝は、この女性を永遠の伴侶とし、夫として彼女を護ることを誓うか」

「はい、誓います」

「アスタロト。汝はこの男を永遠の伴侶とし、妻として夫を支えることを誓うか」

「はい、誓います」

まあ、宣誓の言葉は、強いアスタロトとの結婚の場合は、『護りあう』のほうが似合うような気がしたのだけれど、そんな野暮なことは言わない。

ただただ、この式が終わり、晴れて、互いに伴侶となることを祝う気持ちでいっぱいだった。

そうして、お父様とアスタロトは指輪を互いに嵌め合い。

そして、アスタロトは、王妃のティアラを猊下から戴冠されるのだった。

こうして、私の家族が増えたのだった。


式を終え、披露宴になってから、隙を見てお父様とアスタロトに近づく。

「おお、リリス」

お父様はとても幸せそうな顔をしている。

だから、私の一番の笑顔で、私は二人にこう伝えたのだ。

「おめでとう。おとーしゃま、おかーしゃま！」

花も綻ぶ、と形容するのは、こういった幸せな花嫁の笑顔のことを言うのだろう、と思うぐらい、幸せそうな笑顔が、花嫁のアスタロトから返ってきた。

「ありがとう、リリスちゃん」

少し屈んだアスタロトに、ひょいっと抱き抱えあげられて、頬に口づけを受ける。

不思議なものだ。

私は、かつて勇者一行として魔王を倒しに行こうとしていた。

そんな折に、裏切りにあい、魔族である彼女に救われた。

お父様は辺境伯だったが、元の国から独立して王となり、その新しい国は人と亜人の融和を掲げ。

人と、亜人の隔たりがだんだん緩和し、そうして、その命の恩人が私の義母になった。

「おかーしゃま。これからも、ずーっと、いっしょね」

そう言って、私も、アスタロトの頬にチュッとキスを返す。

私達一家は、今もこれからも、とても幸せな時を過ごしていくのだろう。

《了》

特別収録　初めての召喚

これは、私が六歳頃のお話。

私の家、フォルトナー辺境伯家では、辺境ということもあって魔物の駆除対応が多いことと、『災厄』と呼ばれる、特に魔物が増える日が来るという、特別な現象を抱えていた。

だから、一般的な貴族よりも早く、子供に、剣や魔法といった職業適性を見極め、幼少期からそれに適した訓練を行うのが常だった。

厳しい辺境では、そうやって幼い頃から訓練し、若い頃から家族として協力していくことが、生き延びていくため、そして、自分達が預かる臣民を守るために必要だったのだ。

でも、厳しい環境である分、家族の絆は強かった。

そして、私の六歳の誕生日に、その職業判定の日がやって来た。

「リリス。手をかざしてご覧」

私は、お父様の執務室に呼ばれて、職業適性を判定するための、見た目が水晶玉のような魔道具に手をかざす。

私には、二人の兄様がいて、二人共、妹の適性判定という大事な場面に寄り添い、見守ってくれていた。

私が、その水晶玉に手をかざすと、『召喚師』という文字が、水晶玉の中に表示され、黄金色に強く発光した。

　それに一番反応したのは、三歳年上の兄、カイン兄様だった。

「僕と同じだ！」

　そう言って、私の両方の手を取って、嬉しそうに手を握って揺らす。

「あーあ。俺と同じ剣士だったら、一緒に訓練出来たのに」

　悔しそうに唇を尖らせるのは、四歳年上の兄、アベル兄様だ。

「まあまあ、二人共。訓練が済んで、立派な召喚師になったら、一緒に領民のために戦うんだ。家族であることには変わりはないぞ」

　そう言って、お父様がアベル兄様の頭を撫でて慰める。

「それにしても……。職業適性はともかく、その後、黄金色に光るなんて、今までになかったことだな……」

　ふむ、とお父様が思案げに呟く。

「そう言えば、僕の時は、四大原素の四色に光りましたよね……」

　カイン兄様も、その時のことを思い出したのか、首を捻っている。

　そう。

　適性職業の後に現れる色は、『召喚師』の場合は、その喚べる属性に呼応するのだ。

　ちなみに、カイン兄様の場合は、火属性の赤、水属性の青、風属性の緑、土属性の黄色が現れたらしい。

『召喚師』の中でも、この四大属性全てを使役出来る人は稀で、そういう意味では、カイン兄様は恵まれた才能の持ち主だと言える。

『召喚師』は、使役出来る属性がわかると、魔力操作の訓練をする。それに加えて、自分が使役出来る属性の妖精や精霊、そういったものを書物で学ぶ。そして、彼らを深く理解することで、召喚することが可能になるのだ。

我が家は、剣士と召喚師、そして魔術師を多く輩出してきた家柄だから、そのための書物はたくさんある。

「でも、金色って、何を示すのかわかりませんね」

カイン兄様が困ったように、首を捻る。

「光属性の妖精か精霊じゃないのか？」

アベル兄様が、あまり深く考えてはいない様子だ。

「……あまり聞いたことはありませんが……」

カイン兄様の顔は曇ったままだ。

どうも、光属性の精霊というものはいないのか、稀有なのか、とにかく、ちょっと面倒なことになっている気配を感じた。

――そんなふうに言われると、なんだか不安になっちゃう。

「ああ！　リリス。そんな心配そうな顔をしないで！」

カイン兄様が、そんな私の様子に気がついて、私の両頬に手を添えて、私の顔を上向きにする。

そして、こう言ってくれたのだ。

「一緒に探そう！　リリスに喚んでもらうのを待っている子達を！　必ずいるはずだからね！」

「はい！　兄様！」

その笑顔に励まされて、私は『召喚師』としての訓練を始めることになった。

笑顔に戻った私に、お父様もアベル兄様も、ほっとしたような表情をして、私達二人を見守っていた。


そうして、まずはカイン兄様と魔力操作の訓練を始めることになった。

既にカイン兄様は、妖精も精霊も操ることができ、魔物退治にも時々出ている。

元々は我が家にも召喚術を教える家庭教師がいた。

けれど、「もう、カイン様にお教えすることはございません」と教師に言われてしまい、今は自ら修練に励んでいる。

カイン兄様は、努力をすることにかけて天才だった。たゆまぬ努力によって、わずか九歳にして召喚術にかけては神童とまで言われていた。

だから、お父様は私の教育をカイン兄様に一任した。

「リリスは、自分の中にある魔力を感じたことはある？」

「ないわ」

私はカイン兄様の問いに首を横に振る。

人間の体の中に心臓と血管があるように、魔力も、オヘソの下に心臓に当たる部分があって、身体中に巡るように魔力を流すための管があるのだという。

ただし、普通魔力は血と違って勝手に流れたりはしない。意識して動かすことによって、魔力は体の中を巡るのだそうだ。

「じゃあ、僕と両手を繋ぐよ。そうして、僕とリリスの間で魔力を循環させる。きっと、魔力の温かさを感じるはずだよ」

そう言って、二人で手のひらをくっつけるようにして、両手を組む。

「リリス。目を瞑って。ただ、感じていて」

カイン兄様がそう言うので、それに従って両目を瞑る。

さらり。

最初は、カイン兄様の手から温かく軽やかな何かが流れ込み、それに押されるように、私の中で冷えてどろりとした重たいものが、カイン兄様のもう片方の手のほうに押し出された感じがした。

そうして、しばらくすると、温かなものになり、ぐるぐると二人の間の体内をめぐる。

私のおへその下を通り、手に向かい、兄様の手に。

そして、反対の兄様の手から入ってきて、手を下って私のおへその下に。

「……ぐるぐるしている」

繰り返していると、私の冷たく、どろりとしていたものも温まって、流れが良くなってきた。

「うん。これが、魔力って言うんだ。自分一人でやる時には、魔力が溜まっているおへその下を起点にして回すんだよ。じゃあ、次の練習に移ろうか」

流れる魔力の動きが止まったところで、カイン兄様が手を離す。

「じゃあ、今度は自分でやろう。オヘソの下をスタートに、ぐるっと温かい感じを回してみようか」

兄様に言われたものの、うーん、これがなかなか動かない。

「カイン兄様、動きません」

首を傾げて私は兄様に告げる。

カイン兄様が、私のオヘソの下に手を触れる。

「さっきの二人でやった時の感じ。温かいものが流れなかったかい？　よーく思い出して」

そう言われて私は目を閉じて、その時のことを思い出してみたり、再現するようなイメージを浮かべたりした。すると、すうっと私の利き手のほうに温かいものが流れる感覚がした。

私はカイン兄様にそのことを告げた。

「そう！　それが魔力操作だよ！」

よく出来ました、と言って私の頭を撫でてくれる。嬉しくなって私はくしゃりと笑った。

こうして、私はようやく魔力操作が出来るようになった。

嬉しくなって、私は走っていって、側でお父様に剣技の訓練を受けているアベル兄様のところへ向かった。

「お父様！　アベル兄様！　魔力操作が出来るようになったわ！」

するといすると、練習用に使っていた木剣を、二人共地面に放り出して、駆け寄ってきた私を抱きしめてくれる。

まずは、アベル兄様が、ぎゅっと抱擁してくれる。

そして、次はお父様。

私を脇の下から掬い上げて、高く持ち上げると、私の体をぐるぐると回す。それが済むと、そのままぎゅっと抱きしめてくれた。

「よくやったな！　リリス！　さすがはフォルトナーの子だ！」

私の家は、家族で固く結束していた。

こうして、私が魔力操作に成功してからは、毎日暇があればいつでも魔力操作をするようになった。

魔力操作で魔力を動かせば動かすほど、魔力を使ったのと同じように、使用可能な魔力量も増えていくのだという。私は、それをカイン兄様に学んで、実直に修練を続けていた。

しかし、難航したのは、召喚術。

やはり、当初の懸念どおり、何を喚ぶ才能があるのかがわからないのだ。

今日は、カイン兄様と二人で、それを探るべく、図書館で妖精や精霊に関する書物を探していた。

「妖精の一覧を探しても、光の妖精となると、明確に名前のあるものはいないなあ……」

そう呟いて、本を取り替えながら、カイン兄様が渋い顔をする。

兄様と一緒に、私も妖精や精霊の類の者達のことが書かれた書物を探していた。

すると、女性の司書と、兄様と、私しかいないのに、誰か大人の男の人の声が聞こえた。

『……マスター』

図書室の中で、誰かが私をマスターと呼ぶ。

そしてなぜだか、マスターというのは、私である確信があった。

『マスター』

その声はとても優しい感じがして。

「……誰かが、呼んでいる」

ぽつりと呟いた私の口から溢れる。その言葉に、カイン兄様は訝しげな顔をした。


——私を待っている人はこっちにいる。


一生懸命、妖精のコーナーで、私に合いそうな書物を探してくれているカイン兄様を置いて、私は、導かれるように、声がするほうにフラフラと歩いていく。

『マスター。私を手に』

一冊の本が、図書館の奥から私を導くように光り輝いて見えた。

導かれるように広い図書館を歩いて、ようやく『そこ』にたどり着く。

そこにあったのは、古の偉人の伝承を綴った、古い一冊の本。

『マスター』

『マスター』

そして、私がそこにたどり着くと、その一冊以外からも、声が聞こえてくるのだ。

そこにある偉人や英雄の功績を讃えた本達は、口々に私を『マスター』と呼び、手にすることを乞い願う。

「……でも、まず、貴方ね」

私は、最初に私に声をかけてくれた本に、手をかける。

本に触れると、不思議なことに、本から歓喜の感情が伝わってくる。

私は、その一冊の本を胸に大切に抱いて、近くにある読書用の椅子に腰を下ろす。

すると、ようやくカイン兄様も、私の様子が普通ではないのを理解して、早足でやってきて、私の隣に腰を下ろす。

「リリス、どういうことだい？」

「本がね、呼ぶのよ。私のことを、マスターって」

「マスターって。召喚される者は、召喚者をマスターとも呼ぶけれど……」

その本は、過去の偉大なる魔導師にして、英雄の導き手とも呼ばれる、『大賢者マーリン』の伝記だった。

私は、戸惑うカイン兄様に構わず、本を開く。

すると、驚いたことに、各ページとも、文字を読まずにその内容が頭の中に吸収されていき、自然と彼について理解が出来るのだ。私は、ただただ、その理解出来る速度に合わせて、読むよりは早い速度でページをめくっていく。

そして、最後のページ。

彼の肖像画が描かれていた。

体力、知識、経験が最も充実した壮年期の彼は、魔導師のローブを纏っていた。

そして、その絵の彼は、確かに、私に視線を向けて微笑みかけたのだ。

その彼が私にこう告げる。

『……さあ、もう大丈夫。私を喚んでご覧』

私が椅子から立ち上がって、図書室の何もない場所に向かって手を差し出す。

「召喚(サモン)、大賢者マーリン！」

すると、私の差し出した手のひらから、黄金色をした魔力が流れ出てきて、それはやがて人型を取る。

そこには、古の大賢者マーリンが立っていた。

「死した、賢者を召喚……!?」

カイン兄様は、ありえない光景に、私と現れた賢者を見て刮目する。

そんなカイン兄様は目には入らないようで、マーリンはただじっと、私を慈愛に満ちた目で見下ろしてくる。

「……マスターがお生まれになった時から、神界で見守っておりました。……お会い、したかった……！」

そう言うと、マーリンは感極まったように、待ち続けた年月を私に告げて、椅子に座る私を抱き上げて抱きしめる。

「これからは、我ら英霊一同が、マスターをお守りしましょう」

「よろしくね。マーリン。私はリリスよ」

初めて会うのに、緊張も恐怖も違和感もない。ただ、やっと会えたという感情だけが、マーリンから伝わってきて、私の胸もその感情でいっぱいになる。

——会うべき人達に、ようやく会うことが出来るようになったんだわ。

私はマーリンに抱きかかえられながら、笑顔で挨拶をするのだった。

そして、やっと召喚対象がわかったということを報告すべく、家族揃って居間のソファに全員で腰を下ろしている。

なぜか私はマーリンの膝上なのだけれど……。

どうも、ようやく会えた感動で、マスター愛が止まらず、抱きしめていないといられないのだそうである（マーリン談）。

「どういうことなのかな、リリス」

その、異様な状態に、まずお父様が口を開く。

「私が喚べるのは死した英雄らしいのです」

私がそう、お父様に答えると、マーリンがそれを補うように説明を加えてくれた。

「マスター、いえ、リリス姫の召喚術は、彼女固有の特殊なものなのです。名前をつけるとすると、『英霊召喚』とでも言いましょうか」

「「英霊召喚」」

マーリンから発せられた、初めて聞く言葉に、お父様と兄様達が、ごくりと喉を鳴らす。

「まず、英霊、エインヘリヤルとも呼ばれるのですが、それのご説明が必要でしょう」

そう言って、マーリンが、私達が理解出来るよう解説を始めた。

現世で偉業を成した英雄や偉人達は、死後、戦乙女に迎えられ、神々の世界での英霊（エインヘリヤル）としての生を得ること。

私は、そんな、神に選ばれし英霊（エインヘリヤル）のみ、喚ぶことが可能な、特殊な召喚師なのだそうだ。

「……ちょっとそれって、凄いことなんじゃ」

カイン兄様が、同じ召喚師として、衝撃のあまり絶句している。

「そうですね。彼女自身には強さはなくとも、彼女が総魔力量を増やせば増やすほど、喚べる英霊（エインヘリヤル）の人数も増えます」

「……複数人……」

お父様も唖然としている。

「リリス姫の総魔力量は、元々の素質に加え、兄君の教えが素晴らしかったせいか、歳のわりには潤沢です。今でも、ぎりぎり一度に二名ほどは喚べましょう」

その言葉に、褒められたカイン兄様が照れたように少し頬を赤らめる。

誰しもが知る古の大賢者に褒められて、嬉しいと思わない者はいないだろう。

「ねえ。マーリン」

私は、彼の膝に座りながら体を捩り、彼を見上げる。

「はい、なんでしょう。マスター」

彼が目を細めて私を見る。

「……あのね。私の領地には魔物が多く出没するし、特に日食の日にはそれが活性化して、酷い戦いになるの。……私は、その、『英霊召喚』の力を使って、皆の力になれるのかしら?」

私の一番の懸念はそこだった。

フォルトナー家の一員として、この土地を守ること。それが、私の体に流れる血に刻まれた宿命だ。

それは、私にとってとても大切なことだったから、それが可能な力なのか、確認したかったのだ。

思わず、ぎゅっとマーリンのローブの端を握りしめた。

マーリンは、そんな私の拳を上から覆い被せるように、優しく握ってくれた。

その手は、大きく、温かい。

「……ご安心ください。英霊達(エインヘリヤル)で、必ず御身をお守りしながら、敵を殲滅することをお約束しましょう。ただし」

そこで言葉を止められて、私は、マーリンをじっと見る。

「贅沢を言えば、もっと魔力量が欲しいところです。父君、マスターのご指導を、私に任せていただけませんか?」

マーリンが、向かいに腰を下ろすお父様に視線を向ける。

「……良いも何も、勿体ないくらいのお申し出……。娘をよろしくお願いいたします」

お父様が、深く頭を下げた。


こうして、私はマーリンに教えを乞うようになった。

魔力操作など、基本的なものについては、カイン兄様や魔導師団に所属する者も一緒だ。

英霊（エインヘリヤル）についての勉強時間になったら、私とマーリンとのマンツーマンでの授業をする。


そうしてまた日が経ち、私は訓練をしながらも英霊（エインヘリヤル）を二人喚べるようになった。

マーリンと、マーリンが育てた英雄王アーサーの二人である。湖の乙女から聖剣を授かり、マーリンに導かれたという英雄が、お父様やアベル兄様、その他の騎士達の訓練をしてくれるようになる。

来る日のために、私だけでなく、我が領の騎士や魔導師達、全体の戦力が格段に上がっていくのだった。


そして一年ほどが経ったある日、その日がやって来た。

太陽の上に月が覆い被さり、明るかった空は暗くなり、そして天から太陽が、消える。

災厄の谷から、禍々しい黒い靄が溢れ出てきて、それはやがて魔物の姿に変わる。

『災厄』の始まりだ。

私とカイン兄様は、魔導師団と共に、対災厄用の城壁の内側に待機する。

父様とアベル兄様、騎士団は、城門から出ていく。

「サモン、大賢者マーリン」

「サモン、大聖女フェルマー」

「サモン、戦士ガレス」

私は、三人の英霊(エインヘリヤル)を喚ぶ。

私の体から黄金色の魔力が溢れ出て、三人の英霊(エインヘリヤル)達を顕現させる。

「マスター。この日が来ましたか」

マーリンがそう尋ねる。

「ええ。お願い。誰も死なせたくないの。出来る？」

その問いには、大聖女フェルマーが答える。

「私の守りがあれば、死など存在しません。魔力障壁！　物理障壁！」

彼女がそう叫ぶと、私やお父様達だけでなく、我が領の戦士、魔導師団の全員に障壁が展開される。

そして、ガレスが宝具であるメイスを振り上げて、戦士達を鼓舞する。

「大聖女フェルマーの守護の前に、それを破れる敵なぞおらぬ！　皆の者、恐れず戦うのだ！　全員前進！」

そう言って叫ぶと、城のあちこちから、ガレスの言葉に呼応するように声が上がる。

「おおおおーー！」

ガレスは重戦士。その鍛え上げられた肉体を以って、先陣を切っていく。彼の戦いはごくシンプルなものだ。メイスで頭や腹を殴りつけて潰し、金属で出来た鋭利な二本の角を持ったヘルメットを被って、敵に向かって全身で頭突きする。

「筋力増加（パワーアップ）、速度増加（スピードアップ）、攻撃強化（アタックエンフォース）、魔法強化（マジックエンフォース）」

さらに、フェルマーが全員に補助魔法をかけていく。

「凄い……」

「体から力が溢れ出るようだ！」

騎士達は、以前よりも向上した動きで魔物の首を叩き折り、魔導師団達は空を飛ぶ魔物達を、得意な属性の魔法を使って撃ち落としていく。

「炎の嵐（ファイヤーストーム）！」

マーリンがそう叫んで天に向かって手をかざすと、魔導師団が撃ち漏らした魔物をまとめて焼いていく。

「……凄い！」

空を焼き尽くす光景に、皆が感嘆の声を漏らす。

「オールヒール！」

そもそもフェルマーの障壁によって、魔物による怪我を受けた者はいないはずだが、足を挫いたり、不慮の事態に陥っていたりする可能性を考えてなのか、フェルマーが、味方全員にヒールをかけていく。

そうして、太陽が陰っている間、私達は戦い続ける。

するとだんだん空が明るくなってきたことを感じた。

日食の終わりだ。

太陽が顔を出し、黒く禍々しい靄が、災いの谷のほうへ吸い込まれていく。

残った魔物はマーリンが全て焼き払い、全てが終わった。

「騎士団長、死傷者、負傷者は！」

お父様が、大きな声をあげて確認する。

「おりません！　死傷者も、負傷者も、おりません！」

滂沱の涙を流しながら、騎士団長がそう答え、喜びのあまりに男泣きする。

今までは、『災厄』で死傷者が出るのは当たり前のことだった。

だから、ありえないほどの喜ばしい結果に、騎士団長からもらい泣きする者や、歓声を上げる者、私や英霊達（エインヘリヤル）を囲んで褒め称える者など、沸きに沸いたのだった。


こうして、私は、フォルトナー家にとって欠かせない戦力となり、その噂がやがて遠い王都へ伝わるまでになった。

そして、ある日、私を勇者パーティーへ招致する、王家からの要望書……と言っても命令に過ぎないのだが。それがやって来て。

そうして、私のこの大陸をまたにかけた物語が始まるのだ。

《特別収録・初めての召喚／了》

あとがき

このたびは、この本を手に取っていただいて、ありがとうございます。著者のｙｏｃｃｏと申します。

私にとってこの本は、四冊目の書籍化作品です。

お話を作る中で、まず登場人物として決まったのは、もちろん主人公であるリリスです。彼女の叫び声から始まりジェットコースターのように、リリスの行動によってくるくると物語が展開していく、そんなイメージで書き始めたのがこの作品です。

改めて読み直してみると、「誰がこれを書いたのだろう」と首を捻ってしまうほど、展開の早い物語になっています。自分で書いたのには違いないのですが。

また、魔王でありながら毎日書類に埋もれる、人間くささのあるルシファーと、あの容姿のアドラメレクの主従コンビと、女帝と言われながらも根は優しいアスタロトは、私の作品にたびたび登場するお気に入りキャラです。

そして英霊達。某ゲーム（笑）でも有名ですが、出典は北欧神話です。

アーサー王伝説で有名なマーリン、オリジナルのフェルマー、ギリシャ神話のヘラクレスをイメージしたガレスなど、様々なところから英雄を集めました。実は私のデビュー作である「王都の外れの錬金術師」の、エルフの女王アグラレスやその騎士であるエルサリオンが、パラレルワールドである本作で、英霊として活躍しています。ご興味がありましたら、お手に取ってみていただけますと幸いです。

書籍化にあたっては、この英霊達の活躍する戦闘シーンを全て見直し、より盛り上がりのあるように、キャラクターの個性が生きるように、加筆をしています。

そんな、すべてのキャラに愛着のあったこの作品に、一二三書房様から書籍化のお声がけをいただき、こうしてこの本を世に出すことが出来ました。このご縁に感謝します。

そして、最後にみなさまに謝辞を。

まず、書籍化のお声がけをくださった担当のH様。言葉では言い尽くせないほどお世話になりました。本当にありがとうございます。

次に、登場人物達に、可愛らしい姿や表情を与えてくださった、にもし先生。本当にありがとうございます。リリスのイメージは、連載していた当初から、にもし先生が描かれる愛らしい幼女のイメージでしたので、それが現実のものとなり、とても幸せです。

そして最後に。書ききれないほどのたくさんの方々のご尽力でこの本があるのだと思います。そんな、この本に関わるすべての方に感謝しています。本当にありがとうございました。

yocco

幼女無双
～仲間に裏切られた召喚師、魔族の幼女になって【英霊召喚】で溺愛スローライフを送る～ 1

発　行
2021年9月15日　初版第一刷発行

著　者
yocco

発行人
長谷川　洋

発行・発売
株式会社一二三書房
〒101-0003　東京都千代田区一ツ橋 2-4-3 光文恒産ビル
03-3265-1881

印　刷
中央精版印刷株式会社

作品の感想、ファンレターをお待ちしております。
〒101-0003　東京都千代田区一ツ橋 2-4-3 光文恒産ビル
株式会社一二三書房
yocco 先生／にもし 先生

Printed in japan, ISBN 978-4-89199-740-3
※本書は小説投稿サイト「小説家になろう」（http://syosetu.com/）に掲載された作品を加筆修正し書籍化したものです。